KB201300

맛

Une
Gourmandise

Muriel
Barbery

뮈리엘 바르베리
장편소설

홍서연 옮김

민음사

UNE GOURMANDISE

by Muriel Barbery

스테판에게.
그가 없었더라면…….

차례

맛 9

르네 13

소유자 15

로라 20

고기 27

조르주 32

생선 44

장 52

채소밭 56

비올레트 66

날것 72

샤브로 81

거울 85

제젠 91

빵 95

로트 104

농가 108

비너스 117

개 120

안나 130

토스트

134

릭

138

위스키

142

로르

154

아이스크림

156

마르케

165

마요네즈

166

폴

175

계시

179

감사의 말

189

맛
그르넬 거리, 방

식탁을 점령할 때 나는 군주였다. 그들의 미래를 좌
우할 성찬의 몇 시간 동안 우리는 왕이요 태양이었다. 위
대한 요리사라는 희망의 지평선들은 비극처럼 가까이 또
는 달콤한 행복처럼 멀리서 빛나고 있었다. 나는 갈채를
받으며 투기장에 입장하는 집정관처럼 홀에 들어가 잔치
의 시작을 명령하곤 했다. 권력의 황홀한 향기에 한 번도
취해 보지 못한 사람은 상상하지 못한다. 온몸에 발산되
어 조화로운 몸짓을 연출하고 나의 쾌락 질서에 복종하
지 않는 모든 현실과 모든 피로를 지우는 아드레날린의
이 급작스러운 분출을, 투쟁이 끝나고 승리에 취해 두려
움을 불러일으킬 일만 남았을 때 고삐 풀린 권력의 이 황
홀경을.

이처럼 우리는 군주이자 주인으로서 프랑스에서 가
장 성대한 식탁들을 지배했다. 탁월한 요리와 우리 자신

의 영광과 결코 만족할 줄 모르는 욕망을 물릴 때까지 포식했다. 그것은 첫 사냥터의 사냥개처럼 흥분해 작품의 가치를 좌지우지하려는 욕망이었다.

나는 세계에서 가장 위대한 요리 비평가다. 나로 인해 이 대수롭지 않은 기술이 가장 화려한 예술의 반열에 들었다. 파리에서 리우, 모스크바에서 브라자빌, 호찌민에서 멜버른, 아카풀코에 이르기까지 모두가 내 이름을 안다. 나는 명성을 제조해 내고 또 무너뜨렸다. 나는 그 모든 호화로운 회식들에 관해 사방의 신문, 방송, 각종 논단에 펜으로 소금과 꿀을 흩뿌리는 의식적이고 냉혹한 거장이었다. 그들은 이전까지만 해도 전문지나 신문의 주간 비평란에나 가끔 실리던 것에 대해 논해 줄 것을 끊임없이 내게 요구했다. 나는 가장 훌륭한 요리의 나비 몇 마리를 영원토록 내 수집장에 꽂아 놓았다. 파르테의 영광과 몰락, 상제르의 파산, 마르케의 여전하고도 더욱 열광적인 명성은 나, 오로지 나 때문이다. 영원토록. 그렇다, 영원토록 변치 않을 모습으로 나는 그들을 지금의 그들로 만들어 놓았다.

나는 말의 껍질 속에 영원을 가두었지만 내일이면

죽을 것이다. 나는 마흔여덟 시간 안에 죽는다. 실은 이미 육십팔 년 전부터 죽는 일을 멈추지 않았던 것이겠지만. 그리고 그 사실을 오늘에야 마지못해 알아차린 것이겠지만. 어쨌든 어제 의사이자 친구인 샤브로의 선고가 떨어졌다.

"이봐, 마흔여덟 시간 남았어."

이 무슨 역설인가! 몇십 년간을 진수성찬과 포도주와 온갖 술의 물결에 뒤덮여 보낸 후에도, 버터와 크림과 소스와 튀김에 파묻혀 늘 솜씨 좋게 조율되고 세밀하게 비위 맞춰진 과잉으로 점철된 삶을 보낸 후에도 내 가장 충실한 부관인 간과 그의 보좌인 위 제군은 훌륭히 버티고 있는데 정작 나를 저버리는 건 심장이라니. 나는 심부전으로 죽는다. 이 또한 얼마나 씁쓸한 일인가! 남들 요리에, 예술에 심장이 결여되어 있다고 그토록 비난했는데 정작 그것이 내게 부족하리라고는 생각지도 못했다. 단두대의 칼날이 재빨리 벼려질 때 거의 노골적인 조롱을 퍼부으며 돌연히 나를 배반하는 그 심장이 말이다…….

나는 죽지만 중요한 것은 그게 아니다. 어제 샤브로가 다녀간 후로 중요한 것은 하나뿐이다. 죽기 전에 마음

속에 떠도는 하나의 맛을 기억해 낼 수가 없다. 나는 그 맛이 내 삶 전체의 첫 번째이자 궁극적인 진리라는 것, 그리고 그 후로 내가 말 못 하게 닫아걸어 버린 마음의 열쇠를 쥐고 있다는 것을 안다. 나는 그것이 내 어린 시절 또는 사춘기 시절의 맛이라는 것을 안다. 미식을 입에 올리고자 하는 내 모든 욕망과 야망에 앞서 존재하는 근본적이고 놀라운 음식이라는 것을 안다. 잊어버린 맛, 내 가장 깊은 곳에 둥지 튼 맛, 내 삶의 황혼에서 말하고 생각해야 하는 단 하나의 진리인 맛. 나는 찾지만 찾지 못한다.

르네
그르넬 거리, 수위실

또 뭔가?

그래도 그들은 만족하지 못한단 말인가? 빌어먹을, 허구한 날 내가 그들의 부자 신발에서 떨어지는 진흙을 닦고 부자 산책에서 이는 먼지를 마시고 부자 대화, 부자 걱정을 듣고 그들의 멍멍이, 야옹이를 먹이고 식물에 물을 주고 애들의 코를 풀어 주고 그들이 부자 노릇을 하지 않는 유일한 순간인 연말연시에 던져 주는 선물을 받고 그들의 향수를 들이마시고 그들이 사귀는 자들에게 문을 열어 주고 부자 계좌와 부자 금리와 부자 신용 대금 은행 명세서로 도배된 우편물을 배분하고 그들의 미소에 억지로 응하고 마지막으로 그들의 부자 건물에 사는데도? 나, 관리인, 보잘것없는 것. 그들이 마음의 평화를 위해 건성으로 인사를 하는 유리창 뒤에 있는 물건. 이 오래된 물건이 어두컴컴한 구석에 크리스털 샹들리에도 에

나멜 칠을 한 구두도 낙타털 외투도 없이 쪼그리고 앉은 걸 보는 것은 거북한 일이니까. 하지만 동시에 그들 계급의 우월성을 증명해 주는 사회적 차이의 화신으로서, 그들의 선심을 자극하는 무대 장치로서, 그들의 우아함을 드높여 주는 조연으로서 그를 보는 것은 안심되는 일이니까. 천만에, 그런데도 그들은 만족하지 못한단 말인가? 이 모든 것 외에도 하루 또 하루, 한 시간 또 한 시간, 일 분 또 일 분, 그리고 가장 최악인 한 해 또 한 해 어울리지 않는 이 칩거 생활을 계속하는 걸로도 모자라서 내가 그들의 부자 고통을 이해해야 한단 말인가?

나아아아리의 근황을 알고 싶으면 그 집 초인종을 누르기만 하면 된단 말이다.

소유자
그르넬 거리, 방

기억하는 한 나는 언제나 먹는 것을 좋아했다. 내 첫
번째 미식의 환희가 어땠는지 정확히 말할 수는 없지만,
내가 선호한 첫 번째 요리사가 할머니였다는 것은 거의
확실하다. 축제의 메뉴로는 소스로 조리한 고기, 소스에
잠긴 감자, 그리고 이 모든 것에 끼얹을 충분한 소스가
있었다. 그 후로 나는 내가 되돌아가지 못하는 것이 어린
시절인지 아니면 스튜인지 결코 알 수 없었지만, 할머니
의 식탁에서 말고는 한 번도 소스를 머금은 감자, 그 맛
있는 작은 스펀지들을, 내 특유의 모순 어법으로 표현하
자면, 그처럼 게걸스럽게 음미한 적이 없었다. 내 가슴속
에 차오른 잊힌 감각이 여기에 있었던 것일까? 안나에게
감자 몇 알을 부르주아식 코코뱅* 국물에 담가 달라고

---

*   coq au vin. 닭고기와 야채에 적포도주를 넣어 조린 프랑스 요리.

부탁하면 되는 것인가? 아, 그게 아니라는 걸 잘 안다. 내가 좋은 것이 언제나 나의 영감에서, 기억에서, 성찰에서 새어 나갔다는 것을 잘 안다. 굉장한 포토푀,* 황홀한 풀레 소테 샤쇠르,† 기막힌 코코뱅, 기절초풍할 블랑케트.‡ 너희는 바로 소스가 흥건한 내 육식성 어린 시절의 동반자들이다. 너희를 지극히 사랑한다, 사냥감 냄새를 풍기는 사랑스러운 솥들이여. 하지만 지금 내가 찾는 건 너희가 아니다.

이 오랜 사랑을 배반한 적은 없지만, 내 입맛은 나를 또 다른 요리의 나라로 데려갔고, 스튜 특유의 절충주의를 신뢰하며 스튜를 사랑했으며, 그것은 내게 기쁨을 가져다주었다. 입속을 애무하던 최초의 섬세한 초밥도 더 이상 내게는 비밀의 대상이 아니다. 그리고 나는 내 혀가 처음으로 소금 친 버터를 바른 빵 한 조각과 함께 관능적이리만치 황홀한 굴의 매끄러움을 발견한 날을 축복한

---

*   pot-au-feu. 소의 갈빗살, 우둔살, 꼬리, 사골 등과 당근, 양파, 순무, 파, 감자, 셀러리 뿌리 등을 통째로 넣고 물을 부어 푹 끓인 요리.
†   poulet sauté chasseur. 백포도주를 넣은 토마토 소스로 버섯과 함께 조리한 닭 요리.
‡   blanquette. 화이트 소스로 조리한 어린 양고기나 닭고기 또는 송아지 고기 스튜.

다. 굴 껍데기에서 마술적인 우아함을 분리해 내는 나의 섬세하고 멋진 기술로, 신성한 굴 한 입은 모든 면에서 종교 의식이 될 지경이었다. 이 두 극단, 도브*의 훈훈한 풍성함과 수정체로 된 조개 도면에 걸쳐, 나는 요리 예술의 모든 범위를 주파했고 박식한 탐미주의자로서 언제나 음식보다는 앞섰지만 심장보다는 늦었다.

폴과 안나가 복도에서 나지막이 얘기하는 소리가 들린다. 나는 눈을 반쯤 뜬다. 내 시선은 습관처럼 팡졸†의 조각품의 완벽한 만곡에 부딪힌다. 안나가 선사한 내 회갑 선물, 참으로 오래된 일같이 느껴진다. 폴이 조용히 방에 들어온다. 아내를 제외하면 그는 더 이상 말을 할 수 없게 될 때까지 혼란스러운 감정을 은밀히 고백할 수 있는 단 한 사람이자, 조카들 중에서 내가 좋아하고 믿으며 내 삶의 마지막 시간에 함께하는 것을 허락할 수 있는 유일한 사람이다.

"요리라고요? 디저트라고요?"

---

* daube. 향료와 채소를 넣은 포도주에 하룻밤 동안 재워 둔 소고기를 채소와 함께 네댓 시간가량 뚜껑을 덮어 익힌 요리.

† Fanjol. 현대 프랑스의 조각가.

흐느낌을 담은 목소리로 안나가 물었다.

저런 안나를 보는 것은 참을 수가 없다. 내 삶의 아름다운 물건들을 사랑했듯 아내를 사랑한다. 그렇다. 그렇게 재산을 축적한 데 대해, 값진 그림을 얻는 것처럼 영혼들과 사물들을 획득한 데 대해 나는 가책 없이 소유자로 살았고, 소유자로 죽을 것이다. 감상에 젖는 일 없이, 감상에 대한 어떤 취향도 없이. 예술 작품엔 영혼이 있다. 그것을 단순히 광물적 생명, 그것을 구성하는 생명 없는 원소들로 환원할 수 없다는 것을 안다. 잘 손질된 아름다움과 품위 있는 부드러움으로 사십 년 동안 내 왕국의 방을 장식해 준 안나를 가장 아름다운 예술 작품이라고 생각하는 데에 한 번도 수치심을 느끼지 않은 것은 아마도 그 때문일 터이다.

그녀가 우는 것을 좋아하지 않는다. 그녀가 무엇인가를 기다리고 있음을, 다가올 시간의 지평선에 희미하게 윤곽을 드러내는 이 임박한 종말 때문에 괴로워하고 있음을, 결혼 이후 우리가 유지해 온 소통의 부재와 똑같은 ─ 그러나 내일은 아마 다를 거라는 구실도 희망도 부름도 없는, 결정적인 ─ 부재 속으로 내가 사라져 버릴까 두려워하고 있음을 나는 죽음의 문턱에서 느낀다. 그녀가 이 모든 것을 생각하거나 느낀다는 것을 알지만 개의치 않는다. 그녀와 나는 서로 할 말이 없고, 그녀도 나처럼 그것을 받아들여야 할 것이다. 나는 그러기를 바랐다. 내가 바라는 건 단지 그녀가 그걸 이해하는 것이다. 그녀의 고통과 특히 내 불쾌감을 가라앉히기 위해.

지금은 더 이상 아무것도 중요하지 않다. 기억의 가장자리에서 뒤쫓고 있는 맛, 기억조차 없는 격노한 배반의 맛, 끈질기게 모습을 감추고 저항하는 그 맛 외에는.

로라
그르넬 거리, 층계

어렸을 때 그리스 티노스섬에서 보낸 휴가를 기억한다. 그을리고 앙상한 흉측한 섬. 나는 그 섬을 처음 보자마자, 아드리아해의 바람을 벗어나 배에서 내리자마자, 처음으로 그 단단한 땅에 발을 딛자마자 혐오했다.

커다란 회백색 고양이 한 마리가 테라스에 뛰어내리더니 보이지 않는 이웃집과 우리 피서지를 갈라 놓은 낮은 벽으로 튀어 올랐다. 커다란 고양이 한 마리. 그 지방의 표준으로 보면 놀랄 만했다. 주변은 지친 걸음걸이에 고개를 끄덕거리는 굶주린 짐승으로 가득해서 내 가슴은 미어지는 듯했다. 하지만 그놈은 생존 법칙을 재빨리 이해한 것 같았다. 일단 테라스의 시험을 통과해 식당 문에 이르자 더욱 대담하게 안으로 들어와서는 파렴치하게도 심판자를 자처하면서, 식탁 위에 군림하던 구운 닭을 습격했다. 놈을 보았을 때 그놈은 우리가 먹을 음식이 차려진 식탁에 앉아 우리 비위를 맞추기 위해서인지 아주 잠깐 두려워하는 기색을 보이는가 싶더니 날개 한쪽을 솜씨 좋게 물어뜯어 노획물을 낚아채고는 문으로 달아났다. 아이들에게 기쁨을 더해 주기 위해 기계적으로 그르렁거리면서.

당연히 그는 없었다. 며칠 후 그가 아테네에서 돌아오자 우리는 이 일화를 들려주었고 — 무시하는 기색도 사랑의 부재도 눈치채지 못한 채 엄마는 그렇게 했고 — 그는 또 다른 향연을 위해 우리를 두고 벌써 멀리 지구 반대편으로 떠나는 중이라 주의를 기울이지 않았다. 어쨌든 그는 눈망울에 혐오감 혹은 잔인함 혹은 실망의 빛을 띠고 나를 쳐다보았다. 아마 그 세 가지 다일 테지만. 그는 나에게 말했다.

"봐라, 어떻게 살아남는지. 그 고양이는 산 교훈이다."

그의 그 말은 조종(弔鐘)처럼 울렸다. 상처 주기 위한 말, 아프게 하기 위한 말, 겁에 질리고 약하고 하찮은 작은 소녀, 보잘것없는 작은 소녀를 괴롭히기 위한 말.

그는 거친 사람이었다. 몸짓과 물건을 그러쥐는 위압적인 방식과 만족한 웃음, 맹금 같은 눈길이 거칠었다.

나는 그가 긴장을 푼 모습을 한 번도 본 적이 없었다. 모든 것이 긴장의 구실이었다. 그가 우리에게 동냥이라도 하듯 흔치 않게 집에 있는 날엔 아침 식사 때부터 수난이 시작되었다. 심리극 같은 분위기 속에서 발작적이고 급박한 목소리로 우리는 제국의 생존에 대해 토론했다. 점심엔 뭘 먹지? 히스테리 속에서 장을 보았고 어머니는 고개를 숙였다. 버릇처럼, 언제나처럼. 그러고 나서 그는 다른 레스토랑으로, 다른 여자에게로, 다른 휴가로, 우리가 없는 곳으로 다시 떠났다. 확신하건대 우리는 그곳에서 기억의 자격으로도 나타나지 않았을 것이다. 파리의 자격으로, 더 이상 생각하지 않으려고 손등으로 쫓아내는 귀찮은 파리로서 어쩌면 떠나는 순간 잠깐 떠올랐는지는 모르겠다. 우리는 그에게 초시류(鞘翅類)였다.

어느 해 질 녘이었다. 우리 앞에서 그는 주머니에 손을 넣고 아무 데도 시선을 주지 않은 채 티노스섬의 유일한 상가에 들어서 있는 작은 기념품 가게들 사이를 거만한 걸음걸이로 걷고 있었다. 땅이 발아래에서 무너진다 해도 마찬가지였을 것이다. 그는 앞으로 나아갔고 작고 어린 우리는 겁에 질려 그와 우리 사이에 팬 심연을 메워야 했다. 그때까지 우리는 그것이 그가 우리와 보내는 마지막 휴가라는 것을 몰랐다. 다음 해 여름, 우리는 그가 함께 떠나지 않는다는 소식에 안도하고 열광했지만 곧바로 또 다른 재앙을 감수해야 했다. 휴양지를 유령처럼 헤매는 엄마였다. 그가 우리 곁에 없으면서도 더 큰 아픔을 주었기 때문에 그건 우리에게 더 나빠 보였다. 하지만 그날 그는 우리와 함께 있었고 주눅 들 만큼 빠른 속도로 언덕길을 오르고 있었다. 나는 옆구리가 결려 네온 등이 켜진 싸구려 식당 앞에 멈춰 섰다. 다시 내려오는 그를 두려움에 떨며 쳐다보았을 때 나는 한 손을 허리에 얹고 숨을 돌리려 발작적으로 애쓰고 있었다. 그의 뒤에서 장이 창백한 얼굴로 커다란 눈에 눈물을 글썽거리며 나를 바라보고 있었다. 나는 숨을 멈췄다. 그는 나를 보지 않고 내 앞을 지나쳐 싸구려 식당에 들어가며 주인에게 인사했다. 그리고 우리가 층계참에서 머뭇거리며 양발을 놀리는 동안 계산대 뒤의 무엇인가를 가리키며 손가락을 분명하게 벌려 '셋'을 표시하더니, 우리에게 들어오라고 짧게 신호하고서 바 구석 식탁에 앉았다.

그것은 루쿠마스였다. 껍질은 바삭바삭하면서 속은 부드럽고, 보송보송해질 때까지만 끓는 기름 속에 던져 넣었다가 꿀을 발라 아주 뜨거울 때 커다란 물잔과 포크와 함께 작은 접시에 담아 내놓는 완전한 구 모양의 작은 튀김과자. 그렇다, 언제나 같다. 나는 그가 생각하듯이 생각한다. 그가 하듯이 연속된 감각들을 분리하고 그것들을 형용사로 포장하고 한 문장의 길이만큼, 말로 된 선율 하나만큼 늘려 팽창시킨다. 그리고 소화된 먹을거리에서, 독자도 우리와 똑같이 먹었다고 믿게 만드는 마술을 부리는 말들만을 남겨 둔다. 나는 분명 그의 딸이다…….

그는 튀김을 하나 맛보더니 얼굴을 찡그리며 접시를 밀어내고 우리를 관찰했다. 보지 않아도 나는 내 오른쪽에 앉은 장이 세상 모든 고통을 느끼며 음식을 삼키고 있다는 걸 알고 있었다. 나는 조각상처럼 굳은 채 한 입 더 먹는 순간을 미루적거리며 우리를 주시하는 그를 멍하니 바라보았다.

"맛있니?"

쉰 듯한 목소리로 그가 나에게 물었다.

공포와 막막함. 내 옆에서 장은 조용히 숨죽이고 있었다. 나는 가냘픈 목소리로 짜내듯 대답했다.

"네."

"왜?"

더욱 메마르게 그가 물었다. 하지만 나는 몇 해 만에 처음으로 나를 샅샅이 뒤지는 그의 눈 한가운데에 기대를 품게 하는, 희망의 작은 먼지 한 톨 같은 새롭고 신선한 불꽃이 있음을 똑똑히 알아보았다. 그가 나에게 아무것도 기대하지 않는다는 사실에 오랫동안 익숙했기 때문에 오히려 나를 불안하게 하고 마비시키는, 믿기 어려운 희망의 먼지 한 톨.

"맛있으니까요……?"

어깨를 움츠리며 나는 용기를 내어 말했다.

나는 졌다. 그때부터 무엇인가 뒤집어질 수도 있었을, 아버지 없는 내 어린 시절의 메마름이 터질 듯한 새로운 사랑으로 변할 수도 있었을 이 가슴 아픈 일화를 머릿속에서, 꿈속에서 얼마나 되풀이했던가……. 슬로 모션처럼 순간들은 좌절된 욕망의 고통스러운 화폭 위에 차례로 나타난다. 질문, 대답, 기다림, 그리고 전멸. 그의 눈 속에서 빛은 타올랐을 때만큼이나 빨리 꺼진다. 비위가 상한 그는 돌아서서 계산을 한다. 그리고 나는 다시금 그의 무관심으로 둘러싸인 감옥 속으로 되돌아간다.

그런데 나는 여기서, 이 층계에서 두근거리는 심장으로 무엇을 하고 있는가. 벌써 오래전에 지나간, 벌써 오래전에 지나가고 정복했어야 하는 이 참화를 되씹으면서. 더 이상 증오나 공포가 아니라 단지 나 자신일 권리를 매일 조금 더 얻어 내기 위해 소파에 앉아 나 자신의 이야기를 부단히 들어야 했던, 그토록 오래 몇 년 동안이나 불가피한 고통을 겪은 후에 말이다. 로라. 그의 딸. 천만에, 나는 가지 않겠다. 나는 가져 본 적 없는 아버지의 죽음을 이미 애도했다.

고기
그르넬 거리, 방

    우리는 배에서 내려 혼잡과 소음과 먼지와 그 모든 것의 피로 속으로 들어섰다. 벌써 이틀에 걸쳐 고통스럽게 가로지른 스페인은 우리 기억 속 국경을 헤매는 유령일 뿐이었다. 파란 많은 도로에서 몇 킬로미터를 보내느라 지치고 끈적거리는 데다가 쫓기듯 취한 휴식과 졸음 속 식사는 불만스러웠고, 마침내 부두에 닿기까지 느리게 달려온 비좁은 차 속의 열기에 우리는 녹초가 되었지만 아직은 여행의 세계에 잠겨 벌써 도착했을 때의 경탄을 예감하고 있었다.

    탕헤르. 아마도 세계에서 가장 뛰어난 도시. 항구로서 뛰어난, 마드리드와 카사블랑카 중간에 위치한 승선과 하선의 도시이자 연결의 도시. 해협 반대편 알헤시라스처럼 항구 도시만은 아니어서 더욱 강한 도시. 견실한, 직접적으로 자기 자신인, 다른 곳으로 열린 부두들에도 불구하고 자신 안에 머물러 있는, 자족적인 삶으로 활기찬, 교차로에 위치한 의미의 영토 탕헤르는 우리를 처음부터 맹렬히 물고 놓아 주지 않았다. 우리의 여행은 완성되었다. 최종 목적지는 내 외가의 요람이자 우리가 프랑스로 돌아온 후 매년 여름을 보내는 도시인 라바트였지만, 우리는 탕헤르에서 이미 도착했음을 느끼고 있었다. 소박하지만 깨끗한 브리스톨 호텔 앞 구시가지 쪽으로 난 가파른 길에 차를 세웠다. 얼마 후 우리는 샤워를 하고 예고된 풍미의 극장으로 걸어가고 있었다.

그곳은 옛 시가지 입구였다. 광장을 둘러싼 회랑 아래에 작은 꼬치구이 식당들이 둥글게 늘어서서 지나가는 사람들을 맞고 있었다. 우리는 '노트르'라는 집에 들어가 커다란 식탁 하나가 방 전체를 흡혈하듯 압도하고 있는 좁은 방으로 올라갔다. 벽은 파란색으로 칠해졌고 교차로 광장으로 창이 나 있었다. 우리는 허기지고 흥분한 배로 앉아 우리의 호의를 기다리는 변함없이 고정된 메뉴를 예상하고 있었다. 보잘것없지만 성실한 송풍기는 우리를 상쾌하게 해 주는 기능을 넘어 방을 바람 부는 매력적인 공간으로 만들어 주었다. 열심인 급사가 약간 끈끈한 포마이카 상판 위에 유리잔과 차가운 물병을 내려놓았다. 어머니는 유창한 아랍어로 주문을 했다. 오 분이 채 못 되어 음식이 식탁 위에 차려졌다.

어쩌면 내가 찾는 것을 발견하지 못할지도 모른다. 적어도 이런 것들을 회상할 기회는 될 것이다. 구운 고기, 메슈이아 샐러드,* 박하차 그리고 코른 드 가젤.† 나는 알리바바였다. 그것은 바로 보물의 동굴이었다. 완벽한 리듬, 영롱한 조화. 하나하나가 그 자체로 진미였지만 그것들의 엄격하고 의례적인 연속은 숭고하기까지 했다. 탄탄하게 구워졌으면서도 불 위에서 전혀 건조해지지 않은 다진 고기 완자를 베어 물자 육식 전문인 내 입은 뜨겁고 진하고 즙이 흥건한, 씹는 즐거움이 빼곡한 물결로 가득 찼다. 달콤하고 물컹한 차가운 파프리카가 고기의 남성적 준엄함에 매료된 나의 맛봉오리를 달래어 다시 강한 공격에 대비시켰다. 모든 것이 풍부했다. 우리는 때때로 탄산수를 홀짝거렸다. 스페인에서도 볼 수 있지만

---

* salade mechouia. 불에 구워 껍질을 벗긴 파프리카 또는 큰 고추를 토마토와 함께 다져 레몬 즙을 친 북아프리카 요리.
† corne de gazelle. '영양의 뿔'이란 뜻을 가진 초승달 모양의 북아프리카 전통 과자. 오렌지 꽃술을 친 아몬드 반죽으로 소를 해 넣었다.

프랑스에는 실제로 그와 같은 것이 없었다. 톡 쏘고 거만하고 기운을 돋우며, 무미하지 않으면서도 탄산이 과도하지 않은 물. 마침내 음식에 물리고 약간 노곤해진 우리가 접시를 밀어내고 기대앉기 위해 의자에 있지도 않은 등받이를 찾고 있을 때 급사는 차를 가져와 성스러운 의례에 따라 따르고, 슬쩍 닦은 식탁 위에 코른 드 가젤 한 접시를 내려놓았다. 더 이상 아무도 배가 고프지 않았지만, 후식으로 과자가 나오는 시간이 좋은 것은 바로 그때문이다. 허기를 달래기 위해 먹지 않을 때에만, 그리고 이 다디단 맛의 난교가 일차적인 욕구를 채우는 것이 아니라 세계에 대한 우리 호의의 입속을 감쌀 때에만 우리는 과자의 섬세함을 온전히 맛볼 수 있다.

오늘 내가 찾으려 애쓰는 무언가는 아마도 이 대비에서 그리 멀지 않을 것이다. 단순하고 강한 고기의 노골적인 맛과 필요 이상의 탐식에 공모한 달콤한 맛 사이의 놀라운 대비. 예민한 포식 종족인 인간이 지닌 모든 인간성의 역사가 탕헤르에서의 이 식사로 요약되며, 반대로 인간성의 역사는 이 식사에서 쾌락의 기이한 능력을 설명해 준다.

다시는 그 아름다운 해양 도시에 돌아가지 못할 것이다. 태풍의 고난 속에서 그처럼 오랫동안 희망했던 피난처, 항구에 이르는 그곳에, 다시는. 하지만 무엇이 중요하단 말인가? 나는 속죄의 도정에 있다. 나는 지금 인간 조건의 본성이 시험받는 이 지름길 위에서만, 내 비평 경력을 장식하는 호화로운 향연의 위세로부터 멀리 떨어진 이곳에서만 해방의 도구를 찾아야 한다.

조르주
프로방스 거리

첫 번째는 마르케의 레스토랑에서였다. 그걸 한 번은 봤어야 한다. 그 거대한 야수가 자기 집인 양 홀을 점령하고 있는 모습을, 사자 같은 위엄을, 단골답게 귀빈답게 주인답게 지배인에게 인사하며 왕족의 머리를 끄덕이는 몸짓을 적어도 일생에 한 번은 봤어야 한다. 그는 홀한가운데쯤에 서서, 자기 소굴인 주방에서 막 나온 마르케와 한담을 나눈다. 식탁으로 가는 동안 그는 마르케의 어깨에 손을 얹는다. 그들 주변에는 사람들이 있고 그들은 큰 소리로 말한다. 모두들 우아함이 깃든 거만으로 화려하지만 은밀히 그의 동정을 살피고 있음을, 그의 그림자 속에서 빛나고 있음을, 그의 목소리에 휘둘리고 있음을 쉽게 느낄 수 있다. 그는 우두머리이고 자기 궁정에서 측근들에 둘러싸여 있으며, 그들이 지껄이는 동안 그들의 말을 들어준다.

지배인이 그에게 귓속말로 전했을 것이다.

"선생님, 오늘은 젊은 동료가 한 분 있습니다."

그는 나를 돌아다보았고 가장 깊숙이 숨겨진 내 초라함을 엑스선으로 촬영하듯 짧게 탐색한 후 다시 몸을 돌렸다. 나는 곧장 그의 식탁에 초대받았다.

소수 정예만을 위한 수업이었고, 영적 지도자의 옷을 걸친 그가 점심 식사에 젊고 청초한 꽃 같은 유럽인 요리 비평가를 초대해서, 전도사로 전업한 대주교처럼 높은 설교단에 자리 잡고 깜짝 놀란 신봉자들에게 직무를 가르치는 그런 날 중 하나였다. 추기경들 한가운데 자리 잡은 교황. 그가 선별된 소수 정예만을 통치하는 이 미식 집회에는 성대하고 화려한 예배 같은 구석이 있었다. 규칙은 간단했다. 먹고 나름대로 주석을 달면 그가 듣고 판결을 내렸다. 나는 얼어 있었다. 사람들이 대부(代父) 앞에 처음으로 데리고 온 야심 차지만 소심한 젊은이처럼, 파리 야회에 처음 와 본 시골뜨기처럼, 길에서 프리마돈나를 우연히 만나 혼비백산한 찬미자처럼, 공주의 시선을 받은 보잘것없는 구두 수선공처럼, 출판의 성전에 발을 들인 첫날의 젊은 작가처럼 나는 돌이 되었다. 그는 그리스도였고 그 최후의 만찬에서 나는 유다였다.

배반하기 위해서는 아니었지만 협잡꾼이라는 점에서 확실히 나는 올림포스산에서 길을 잃고 실수로 초대된, 그 비루한 싱거움이 언젠가는 백주에 폭로될 유다였다. 따라서 나는 식사하는 내내 죽은 듯이 있었고 그는 명령의 채찍이나 애무를 그의 단골 무리에만 제한하면서 나에게는 이야기를 청하지 않았다. 그러나 후식을 들고 있을 때 그가 조용히 말을 걸었다. 모두가 오렌지 소르베* 한 덩이를 둘러싸고 성과 없이 주석을 달고 있을 때였다.

'성과 없이.' 모든 기준은 주관적이다. 상식의 척도로는 마술적이고 위대해 보이는 것도 천재의 절벽 아래에서는 비장하게 파괴되고 만다. 그들의 담화는 기가 막힐 지경이었다. 말하는 기술이 맛보는 기술 대신에 들어앉아 있었다. 그들 모두가 통사론의 번득임과 시적인 전광석화로 소르베를 꿰뚫는 주석의 재간과 정확성, 훈련된 장광설의 묘기를 통해 언젠가는 요리 용어의 거장이 될 것을 예고했다. 당분간은 우두머리의 후광 속에 가려 있

---

* sorbet. 물에 과육, 과즙, 술, 향료 등을 섞어 얼린 빙과로, 아이스크림과는 달리 우유와 달걀이 들어가지 않는다. 전통 프랑스 식사에서는 주요리 중간에 나와 미각 신경을 안정시키고 새로이 식욕을 돋우는 역할을 했으나 오늘날에는 후식으로도 많이 먹는다.

겠지만 말이다. 그러나 측면이 오톨도톨한 이 울퉁불퉁한 주황색 덩어리는 고요한 눈사태 속에 비난의 기색을 띠고 접시에 녹아 내리는 중이었다. 아무것도 그것을 받아들이지 않았다.

이렇게 한심한 이야기를 듣고 있는 자신을 멸시하고 싶을 정도로 기분이 나빠지고 짜증이 난 그의 어두운 눈이 나를 붙든다, 나를 초대한다. 공포에 질리고 혼돈으로 붉어져 나는 목소리를 가다듬는다. 소르베는 나에게 많은 것을 환기했지만 확실히 여기서 말할 만한 것은 아니었기 때문이다. 이 연주회에서, 고공비행하는 문장들 속에서, 식도락 전략의 유세장 한가운데서, 불멸의 펜을 가졌고 눈빛이 타오르는 천재 앞에서는 말이다. 그러나 지금 해야 한다. 뭔가 말해야 한다, 그것도 지금 당장. 그의 인격 전체가 초조함과 역정을 내뿜고 있으므로. 그래서 나는 다시 한번 목소리를 가다듬고 입술을 축이고 말을 시작했다.

"할머님께서 해 주시던 소르베가 생각납니다⋯⋯."

내 맞은편에 앉은 젊은이의 우쭐한 얼굴 위로 빈정대는 웃음의 도화선, 양 뺨의 가벼운 부풀어 오름, 살인적인 웃음의 예고된 폭발, 일류 세계로부터 예고된 매장이 떠올랐다. 안녕하십니까, 안녕히 가십시오, 선생. 오셨군요, 다시 오지 마십시오, 그럼 안녕히.

그러나 그는 생각지도 않은 따스함으로 내게 미소지었다. 커다랗고 솔직한 늑대의, 그러나 늑대가 늑대에게 보내는 미소. 공모한 일당끼리의 친밀하고 편안하고, 잘 있었나 친구, 다시 보니 좋구먼과 같은 어떤 것. 그는 내게 말했다.

"그럼 할머님에 대해 말씀해 주시지요."

이것은 하나의 초대이지만 또한 은폐된 위협이다. 호의적으로 보이는 이 요구에는 내가 그 요구를 이행해야 할 필요성이 담겨 있고 그처럼 좋은 서두 다음에 내가 그를 실망시킬 수도 있다는 위험이 도사리고 있다. 내 대답은 그를 기분 좋게 놀라게 했고 명인 솔로 연주자들의 뛰어난 부분들처럼 결단력이 있어 그의 마음에 든 것이다. 일단은.

"저희 할머니의 부엌은……."

나는 설득력 있고 결정적인 문구를 떠올리기 위해 적절한 표현을, 대답할 말과 재치를, 나의 재능을 절망적으로 찾았다.

그러나 예상치도 않게 그가 나를 구조하러 왔다.

36

"사실(그는 다정스럽게 느껴질 정도로 부드러운 미소를 짓는다.) 저에게도 할머니가 계셨답니다. 그분의 부엌은 저에게 마법의 동굴이었죠. 저의 모든 행로는 잡을 수 없었던 그 향기와 냄새에서 나온 것 같습니다. 어린 저는 욕망으로 미쳤죠. 욕망으로 미치다, 말 그대로입니다. 사람들은 욕망, 진정한 욕망에 대해 별로 아는 게 없어요. 욕망이 당신에게 최면을 걸고 영혼을 독점해 완전히 에워싸 버려 당신은 정신이 나가고 마귀가 들려 작은 빵 부스러기 하나를 위해 못할 짓이 없게 되는데도요! 악마의 향기에 사로잡힌 코앞에서 끓고 있는 한 방울을 위해서 말입니다! 그리고 그분은 활력과 서슬 퍼런 호탕한 성미와 터질 듯한 생명력으로 온 부엌을 채우는 비범한 생기가 넘치셨고, 그분의 부엌에서 저는 용해되는 물질의 한가운데 있는 듯한 느낌이 들었지요. 그분은 빛을 내셨고 저를 향내 나는 뜨거운 빛으로 감싸셨습니다!"

"저는 오히려 교회당에 들어가는 느낌이었습니다."

내가 홀가분하게 내 직관의, 그러니까 논증의 열쇠를 확보하고 말했다.(나는 속으로 소리 없는 긴 한숨을 내쉬었다.)

"저희 할머니께선 반대로 그리 쾌활하지도 빛나지도

37

않으셨습니다. 그분은 오히려 엄격하고 복종적인 품위를 구현하셨는데, 손톱 끝까지 신교도셨고 열정이나 동요 없이 언제나 침착하고 꼼꼼하게 요리를 하셨습니다. 회중이 조용하게 둘러앉은 식탁에 흰 사기 수프 단지나 접시에 음식이 담겨 오면 그들은 서두르지도 않고 눈에 띄게 감정을 드러내지도 않고, 음식에 대해 환희나 즐거움을 터뜨리지도 않고 먹었습니다."

"이상하군요."

그가 내게 말했다.

"저는 언제나 할머니의 요리 비법과 마술이 그분의 명랑함과 남국적인 관능에서 온다고 생각했습니다. 그분의 요리에서 저는 덕과 맛을 동일시했지요. 심지어 가끔은 그분이 완전무결한 요리사였던 것은 우둔하고 배운 것 없고 교양이 없기 때문이라고 생각했습니다. 정신에 공급되지 않은 모든 에너지가 요리에만 쏠릴 수 있었을 테니까요."

잠시 생각한 다음에 나는 말했다.

"그렇지 않습니다. 그분들의 기술을 만든 것은 그분들의 성격이나 생기가 아니었을뿐더러 정신의 단순성, 잘된 작업에 대한 사랑이나 엄격함 같은 것들이 아니었습니다. 그분들은 탁월하게 해낼 수 있는 고귀한 일을 하고 있다는 것, 그리고 그 일이 열등하고 물질적이고 천해 보이는 것은 단지 외관상일 뿐이라는 것을 말씀은 안 해도 의식하고 계셨다고 생각합니다. 그분들은 당신들의 고유한 이름이 아니라 여자라는 조건 때문에 받아야 했던 모든 모욕을 넘어서서, 남자들이 집에 돌아와 자리에 앉는 그때 당신들의 지배가 시작된다는 것을 잘 알고 계셨습니다. 그리고 그건 남자들의 '외적' 권력에 대해 이번엔 그분들이 주권자가 되어 복수한다는 의미로 '내적 경제'를 장악하는 것은 아니었어요. 이를 훨씬 초월해서 그분들은 남자들의 심장과 몸에 직접적으로 가닿는 위대한 일을 하고 있다는 것을 알고 계셨습니다. 그리고 그분들은 남자들이 이 일에 대해 인정하는 가치가 당신들이 권력과 돈의 간계나 사회 권력의 논리에 부여하는 가치보다 더 크다는 것을 알고 계셨습니다. 그분들은 자신들의 남자를 가정 경영의 끈이나 아이들, 체면, 심지어는 침대가 아니라 맛봉오리로 붙잡아 두었습니다. 그러므로 그분들이 남자들을 새장 속에 가두었다면 그 속에 자발적으로 서둘러 들어간 것은 남자들 자신이라는 것 역시 확실합니다."

그는 귀 기울여 내 말을 경청했다. 나는 권력자에게 드문 장점을 그에게서 발견한다. 모두가 자기 영토를 표시하고 자기 권력의 표지를 드러낼 뿐인 담화의 행진이 끝나고 진짜 대화가 시작되는 순간을 알아차리는 장점이다. 우리 주변은 반대로 해체 중이다. 조금 전에 내가 입을 열자마자 조롱의 칼로 나를 단번에 해치우려 했던 건방진 젊은이는 지금 밀랍같이 창백한 안색에 얼빠진 눈을 하고 있다. 다른 이들은 황량한 심연의 가장자리에서 잠자코 있다. 나는 다시 말했다.

"그들이 뭘 느낍니까? 자만심에 젖은 남자들, 주인이 되어야 하는 가부장제 사회에서 새벽부터 일으켜진 이 '가장'들이 아내가 부엌에서 준비한 소박하고 맛있는 음식을 처음 입으로 가져갈 때 말입니다. 양념과 소스와 고기와 크림과 소금에 물린 혀가 느닷없이 얼음과 과일의 긴 눈사태를 만나 서늘해질 때 그는 뭘 느낍니까? 부드럽게 무너져 내리는 작은 얼음 과일 덩어리들의 덧없음을 늦출 만큼 조금 거칠고 조금 얼멍덜멍한 느린 눈사태를 만날 때 말입니다. 간단히 말해서 그들은 천국을 느낍니다. 그리고 설사 인정하지 않는다 하더라도 그들은 아내에게 같은 것을 주지 못한다는 걸 잘 압니다. 그들의 온 제국과 모든 오만으로 인해, 그녀들이 입을 통해 즐거움을 누리게 해 준 것만큼 그녀들을 황홀하게 해 줄 수가 없으니까요!"

그가 점잖게 내 말을 끊고 말했다.

"대단히 흥미롭군요, 무슨 말인지 알겠습니다. 그렇지만 선생은 거기서 재능을 부정하고 우리 할머님들의 타고난 소질이 억압된 조건에서 비롯된다고 설명하시는군요. 카스트의 열등함 또는 특권이나 권력에서 배제된 삶 때문에 괴로워하지 않은 위대한 요리사들도 많았는데 말이죠. 이 점을 선생의 이론과 어떻게 양립시키겠습니까?"

"어떤 요리사도 우리 할머님들처럼 요리하지 않고 요리한 적도 없습니다. 제가 여기서 지적한 모든 요인들은(그리고 나는 이 순간 제의를 집행하는 것은 나라는 것을 분명히 하기 위해 '저'를 가볍게 강조한다.) 아주 특별한 요리, 즉 주부들의 사적인 내부를 둘러친 울타리 안에서 이루어지는 주부의 요리를 초래했습니다. 때로 세련되지 못하고 언제나 '가족적인' 측면을 지닌, 다시 말해 실하고 영양 많고 '든든한' 요리죠. 하지만 그것은 특히 근본적으로 찌는 듯이 관능적이며, 그 관능성 탓에 우리는 '살'

41

을 이야기할 때 그것이 입의 쾌락과 사랑의 쾌락을 동시에 환기시키는 것은 우연이 아니라는 걸 압니다. 그분들의 요리는 곧 그분들의 농염함이자 매력이고 유혹이었습니다. 그리고 그것이 그분들의 요리에 영감을 주고 그 무엇과도 다르게 만든 것입니다."

그가 다시 빙그레 웃는다. 그러고는 이해하지 못해서, 그들이 미식 곡예사를 연기하고 '먹자' 여신의 영광에 바치는 신전을 건립한 후 질겅질겅 씹히고 살코기 하나 안 붙은 누런 뼈다귀를 부끄러운 주둥이로 물어 오는 가련한 잡종 강아지에게 조롱당했다는 사실을 이해할 수 없어 낭패하고 망연자실한 아류들의 면전에서, 말하자면 크나큰 비탄에 잠긴 그들의 면전에서 내게 말했다.

"이 흥미진진한 토론을 조용히 계속하기 위해 내일 저와 점심을 같이해 주시겠습니까? 르시에르의 레스토랑에서요."

나는 조금 전에 안나에게 전화를 했고 가지 않으리라는 것을 알았다. 더 이상. 더 이상은 결코. 이렇게 하나의 서사시가, 같은 제목의 소설에서처럼 경탄에서 야망으로, 야망에서 환멸로, 환멸에서 냉소로 건너간 내 견습의 서사시가 끝난다. 다소 소심하고 더없이 진실했던 젊은이는 가장 좋은 학교를 나와 가장 높이 출세한 영향력 있고 사람들이 두려워하고 경청하는 비평가가 되었다. 그러나 하루가 다르게 그리고 때 이르게 그는 점점 더 늙고 지치고 쓸모없어지는 것을 느낀다. 정신은 말짱한 비참한 늙은 머저리의 노년을 예고해 줄 뿐 가혹하게 침식되어 가는 자신의 정수를 되씹으며 악의로 가득 차 지껄여 대는 노인. 그가 지금 느끼는 것이 이것인가? 엷은 슬픔이 깃든, 향수 어린 그의 지친 눈꺼풀을 투명하게 여과하던 것이 이것이었던가? 같은 후회와 같은 잘못을 범하면서 나는 그가 걸어온 길을 걷고 있는 중인가? 아니면 멀리, 진정한 그의 편력이 발하는 광채로부터 아주 먼 곳에서 내 처지를 동정할 뿐인가? 나는 결코 알지 못할 것이다.

왕은 죽었다. 왕 만세.

생선

그르넬 거리, 방

여름마다 우리는 브르타뉴에서 다시 모였다. 수업이 9월 중순에나 다시 시작되던 시절이었다. 그즈음 부유해진 조부모님은 계절이 끝날 무렵 해안의 커다란 집에 세를 얻었고 온 가족이 거기서 모이곤 했다. 기적 같은 시간이었다. 그들은 평생 고생하다 말년에 일이 풀렸는데, 다른 사람들 같으면 모직 요 밑에 숨겨 놓을 돈을 살아 있는 동안 가족들과 함께 써 버리기로 한 것이다. 나는 아직 이 소박한 사람들의 선택에 감사할 만한 나이는 아니었다. 그래도 이미 나는 우리 어린아이들이 귀여움을 받는다는 것을 알고 있었다. 그리고 내 자식들을 엄밀히 말해 응석받이로 만들 줄밖에 몰랐던 나한테는 아직도 놀랍기만 할 정도로 그들의 애정은 지혜로웠다. 나는 애들을 버려 놓았고 버릇을 망쳐 놓았다. 아내의 배 속에서 나온 무미건조한 이 세 물건은 장식적인 배우자라는 희생의 대가로 내가 아내에게 아무렇게나 선사한 선물이었다. 이제 와서 생각하면 끔찍한 선물이다. 결국 아이들이란 자신으로부터 이상 증식한, 기괴하거나 실현되지 못한 욕망의 저열한 대용물이 아니라면 무엇이겠는가? 나같이 삶에서 이미 즐길 것이 있는 사람에게 그들은 마침내 부모를 떠나 아들딸이 아닌 다른 것이 되기 전엔 관심거리가 되지 못한다. 나는 그들을 사랑하지 않고 사랑한 적도 없지만 그것을 후회하지 않는다. 그들이 온 힘을 다해 나를 미워하느라 기력을 탕진한다 해도 나와는 상관없는 일이다. 내가 인정하는 친자는 내 업적뿐이니까. 그러나 다시, 깊숙이 숨어 버려 찾을 수 없는 그 맛 때문에 나는 의심을 품는다.

조부모님은 우리를 그들 나름의 방식으로, 즉 전적으로 사랑했다. 자식으로는 신경병자에 천치 바보들이 줄줄이 꿰어 달려 있었다. 우울증 환자인 아들, 히스테리 환자인 딸, 자살한 또 다른 딸, 미치광이가 안 된 대신 엉뚱한 짓을 해 대는 데다가 자기 판박이 같은 아내를 얻은 내 아버지까지. 조부모님은 나의 부모에게 미온적이고 무능했기에 오히려 그들이 극단의 나락으로 떨어지는 것을 막을 수 있었다. 그러나 어머니의 삶에서 단 하나의 햇살이었던 나는 그녀의 신이었고 신으로 남았다. 그녀의 슬픈 면모와 생명 없는 요리, 조금 애처로운 목소리는 하나도 간직하지 않고 내게 왕의 확신을 준 사랑만 전부 간직하면서. 어머니에게서 애지중지 귀여움을 받은 다음, 그녀 덕분에 나는 제국을 정복했으며 내게 영광의 문을 열어 준 그 불가항력의 난폭함으로 삶에 접근했다. 만족한 아이였던 나는 무자비한 인간이 될 수 있었다. 야망이 없었기에 그나마 부드러울 수 있었던 성마른 한 여자의 사랑 덕택에.

반대로 손자에게 조부모님은 가장 매력적인 분들이었다. 그들 본성 깊숙이에 자리 잡은 어질고도 짓궂은 성품은 부모라는 짐에 결박되어 있다가 조부모라는 자격 속에서 만개했다. 여름은 자유를 숨쉬고 있었다. 해변 바위 위로 밤이 내리면 제법 비밀스럽고 즐거운 탐험과 탐색의 우주 속에서 모든 것이 가능한 것처럼 보였다. 여름날 우연히 방문한 모든 이웃을 식탁으로 초대하던 그 놀라운 관대함 속에서. 할머니는 고고하리만큼 조용히 화덕의 제의를 집행하곤 하셨다. 그녀는 몸무게가 100킬로그램이 넘었고 코밑에 거뭇거뭇한 콧수염이 있었으며 남자처럼 웃었고, 우리가 감히 부엌에서 장난을 치면 트럭

운전사같이 우아하게 욕지거리를 했다. 그러나 그녀의 노련한 손길 밑에서는 가장 평범한 물질도 신비로운 기적이 되었다. 백포도주가 펑펑 흘러내렸고 우리는 먹고 먹고 또 먹었다. 성게, 굴, 홍합, 구운 새우, 마요네즈를 곁들인 갑각류, 소스에 요리한 오징어, 게다가 또한 ("사람은 변하지 않는다.") 도브, 블랑케트, 파에야, 굽거나 찌거나 크림 소스로 요리한 가금, 이 모든 것이 비오듯 쏟아졌다.

한 달에 한 번, 할아버지는 엄격하고 엄숙한 얼굴로 아침을 들고서는 말 한마디 없이 일어나 혼자 경매장으로 갔다. 우리는 그래서 '그날'이라는 걸 알았다. 할머니는 눈을 들어 하늘을 보고 "냄새가 몇백 년은 가겠지." 하고 투덜대고는 남편이 하는 요리의 질에 대해 뭔가 무뚝뚝한 말을 중얼거렸다. 잇따라 일어날 일에 대한 전망으로 눈물이 날 만큼 감동한 나는 할머니가 농담을 하고 있다는 걸 알듯 말듯 했고 그 성스러운 순간에 겸손히 머리 숙이지 않는 할머니를 한순간 원망하기도 했다. 한 시간 후, 할아버지는 바다 냄새를 풍기는 커다란 궤짝을 들고 항구에서 돌아왔다. 할아버지는 우리들, 우리 '어린애'들을 해변으로 쫓아냈고 우리는 흥분으로 바들바들 떨면서 마음은 벌써 다녀왔지만 할아버지를 거역할까 두려워 순하게 떠나곤 했다. 한 시간 후, 점심 식사를 미친 듯이 기다리며 건성으로 해수욕을 하고 돌아오던 우리는 골목을 꺾어 들면서 벌써 그 천상의 냄새를 들이마실 수 있었다. 나는 행복해서 흐느껴 울 지경이었다.

구운 정어리가 온 동네를 그 태양의 냄새, 잿불의 냄새로 채우고 있었다. 두꺼운 회색 연기가 정원을 둘러싼 측백나무 사이로 피어오르고 있었다. 이웃집 남자들이 할아버지에게 손을 빌려 주러 왔다. 거대한 석쇠들 위에는 작은 은빛 물고기들이 정오의 바람 속에 벌써 바삭하게 구워지고 있었다. 사람들은 웃고 떠들고 차갑게 해 둔 드라이* 백포도주 병들을 따고, 마침내 남자들이 앉자 여자들은 깨끗한 접시를 포개 안고 부엌에서 나왔다. 할머니는 통통한 작은 놈을 노련하게 집어 킁킁 향기를 맡고는 몇몇 다른 것들과 함께 접시에 내려놓았다. 백치 같은 눈으로 할머니는 상냥하게 나를 바라보며 말했다.

"오냐. 자, 아가, 첫 번째 건 네 거다! 아무렴, 얘가 이

---

* 당분이 증발해 단맛이 줄어든 포도주를 드라이하다, 즉 건조하다고 일컫는다. 입안을 즉시 건조시키는, 즉 서늘하게 해 주는 것이 이러한 포도주 맛의 특징이다.

걸 얼마나 좋아하는데!"

모두가 웃음보를 터뜨렸고 이 굉장한 먹을거리가 내 앞에 상륙하는 동안 내 등을 두드려 주었다. 더 이상 아무것도 들리지 않았다. 나는 내 욕망의 대상을 눈이 튀어나오도록 뚫어져라 쳐다보았다. 검은 고랑이 길게 패고 부풀어 오른 회색 껍질은 옆구리에 더 이상 붙어 있지조차 않았다. 나는 나이프로 고기 등을 가르고 허여스름한 살을 조심스레 발라냈다. 잘 익은 살은 탄탄한 긴 조각으로 쉽사리 떨어져 나왔다.

가장 미천한 고등어에서부터 가장 세련된 연어에 이르기까지 구운 생선의 살에는 문화를 벗어나는 무엇인가가 있다. 인간이 물고기를 익히는 법을 배울 때 그 순수함과 본성적인 야성을 불로써 동시에 드러내 보이는 생선 살에서 처음으로 자신의 인간성을 느낀 것은 그 때문이다. 이 살이 순수하다고, 그 맛이 섬세하면서도 확 퍼져 나간다고, 이 살이 강함과 부드러움의 중간만큼 잇몸을 흥분시킨다고, 구운 정어리에 대한 최고의 예찬은 엄청나게 기름지고 입안을 한 맛으로 채우는 견고하고 강하고 촘촘한 조직과 쌉쌀한 구운 껍질의 조화라고 말해 봤자 아편의 최음성을 연상시킬 뿐이다. 왜냐하면 정어리에서 가장 중요한 것은 섬세함도 부드러움도 강함도 기름짐도 아닌 야성이기 때문이다. 이 맛에 직면할 수 있는 것은 강한 영혼뿐이다. 그것은 확실히 자기 속에 가장 정확한 방식으로 원초적인 난폭성을 숨겨 두고 있으며, 그 난폭성에 접촉할 때 우리의 인간성은 단련된다. 또한 다른 음식은 모두 제쳐 놓고 기운차게 씹을 줄 아는 순수한 영혼이어야 한다. 나는 할머니가 접시 옆에 놓은 감자와 가염 버터는 거들떠보지도 않은 채 끊임없이 생선만 먹어 댔다.

고기는 남성적이고 강하지만 생선은 낯설고 잔인하다. 그것은 다른 세계에서, 결코 굴복하지 않는 비밀의 바다라는 세계에서 왔다. 그것은 우리 현존의 절대적인 상대성을 증명해 보이지만 또한 미지의 나라를 한순간 현시해 줌으로써 우리에게 굴복한다. 구운 정어리를 먹을 때 나는 그야말로 자폐아였고 그때에는 아무것도 나를 방해할 수 없었다. 그때 나는 다른 곳으로부터 온 감각과 마주하는 이 특별한 경험으로써 내가 나를 인간적으로 만든다는 것, 이 대면이 내게 대조법으로써 나의 인간적 자질을 일깨워 준다는 것을 알고 있었다. 무한하고 잔인하고 원초적이고 고상한 바다여, 우리는 탐욕스러운

입으로 네 신비로운 활동의 산물을 덥석 문다. 구운 정어
리는 직접적이고 이국적인 향기로 내 입천장을 장식했고
나는 한 입 먹을 때마다 자랐다. 잘 구워져서 껍질이 갈
라져 터진 바다의 재가 내 혀를 애무할 때마다.

 그러나 이것도 내가 찾는 것은 아니다. 나는 왕이 되
어 벌였던 향연들의 화려함 속에 잊히고 묻힌 감각들을
기억에 노출시켰고 내 소명을 향한 첫걸음을 소생시켰
으며 내 어린 영혼의 체취를 되살려 냈다. 그러나 그것이
아니다. 이제 촉박한 시간이 내 최종적인 실패의 불분명
하지만 무서운 윤곽을 그려 보인다. 나는 포기하고 싶지
않다. 기억하기 위해 이루 말할 수 없는 노력을 하고 있
다. 그런데 만약 이처럼 나를 비웃는 그것이 결국 맛없는
음식이라면? 프루스트의 그 가증스러운 마들렌, 저주받
은 흐릿한 오후의 산물인 그 산만하고 기묘한 과자, 최대
의 모욕처럼 한 숟가락의 차 속에 남아 습기를 빨아들이
는 마들렌 조각처럼 내 기억은 어쩌면 결국 하찮은 음식
에 연결되어 있을 뿐인지도 모른다. 거기 얽힌 감정만이
소중한 음식. 그러나 산다는 것의 알 수 없는 선물을 계
시해 줄지도 모르는 음식.

장
카페 데 자미, 18구*

썩어 문드러진 늙은 가죽 부대. 악취를 풍기는 시체. 뒈저, 그래, 뒈져라. 당신의 비단 이불보 속에서, 호화로운 방에서, 부르주아의 우리 속에서 뒈져, 뒈져, 뒈져라. 당신에게 대접받지 못한 대신 적어도 당신의 돈은 가질 수 있겠지. 먹자판의 실력자인 당신의 모든 돈, 당신에게는 쓸모없는, 다른 사람들에게 갈 돈, 소유자인 당신의 돈, 당신의 부패, 당신의 기식 활동, 그 모든 먹을 것, 그 모든 사치에서 오는 돈, 아, 그 엄청난 낭비……. 뒈져라. 당신 곁에서 그들은 모두 예감하고 있다. 하지만 엄마, 엄마는 당신을 혼자 죽도록 놓아두어야 하는데, 당신이 그녀를 버린 것처럼 그녀도 당신을 버려야 하는데, 그렇게 하지 않고 모든 것을 잃기라도 한 듯 비탄에 잠겨

---

*   몽마르트르 언덕을 끼고 있는 파리 북쪽의 구.

거기 남아 있다. 나는 결코 이해하지 못할 것이다. 그 맹목, 체념, 원하던 삶을 살았다고 수긍하는 능력, 수난의 성녀와 같은 소명. 아, 빌어먹을, 진절머리가 난다. 엄마, 엄마……. 게다가 비역질하는 폴이 있다. 총애받는 아들 같은 태도, 정신적 상속자를 자처하는 위선으로 그는 침대 곁에서 쿠션을 드릴까요, 삼촌? 프루스트, 단테, 톨스토이를 몇 쪽 읽어 드릴까요? 하고 굽신거리고 있을 거다. 나는 그놈을 참을 수가 없다. 대단한 쓰레기, 유력한 명사인 양하는 부르주아, 생드니 거리에서 창녀들이나 따먹는 놈. 나는 보았다, 거기 한 건물에서 나오는 그놈을……. 아, 그리고 이 모든 것을 뒤적거려, 미운 오리 새끼 같은 독살스러움을 휘젓고 합리화해서 무엇을 어쩌자는 건가. 제 아이들은 저능아들입니다. 우리 앞에서 태연하게 말했다. 그를 빼고는 모두가 거북해했지만 그것을 말하는 것은 고사하고 생각하는 것만으로도 왜 충격적인지 그는 알지도 못했다! 제 아이들은 저능아들입니다, 특히 제 아들은 말입니다. 이 애로는 아무것도 못 할 겁니다. 그렇지 않아요, 아버지. 당신은 당신의 어린애들로 무엇인가를 했습니다. 그들은 당신의 작품일 뿐이었지요. 당신은 그들을 잘게 다지고 썰어 질 낮은 소스에 담겼습니다. 자, 그들이 무엇이 되었는지 보십시오. 비천한 자, 실패한 자, 약한 자, 초라한 자. 그렇지만! 그렇지만 당신은 당신의 애들을 신으로 만들 수도 있었을 것입니다! 당신과 함께 외출할 때, 당신이 저를 시장과 레스토랑에 데리고 갈 때 얼마나 자랑스러웠는지 저는 기억합니다. 저는 아주 작았고 당신은, 따뜻하고 커다란 손으로 저를 꼭 잡은 당신은 그토록 컸습니다. 그리고 밑에서 올려다본 당신의 옆얼굴, 황제의 옆얼굴, 그리고 사자 갈기! 당신에겐 자존심 강한 품위가 있었고 저는 당신 같은 아버지가 있다는 사실에 벅찼습니다……. 그리고 이제 가슴이 미어져 쉰 목소리로 흐느끼는, 무너진 저를 보십시오. 당신을 증오합니다. 당신을 사랑합니다. 그리고 이 이중성, 내 삶을 죽인 빌어먹을 이중성에 신음하는 나를 증오합니다. 나는 여전히 당신의 아들로 남아 있기 때문에, 나는 괴물의 아들 이외에는 결코 아무것도 아니었기 때문에!

골고다는 당신을 사랑하는 사람들을 떠나는 것이 아니라 당신을 사랑하지 않는 사람들을 잊는 것입니다. 그리고 저의 슬픈 삶은 거부당한 당신의 사랑, 부재하는 그 사랑을 열망하며 흘러갔습니다. 아, 신의 가호가 있으시

길. 사랑받지 못한 불쌍한 소년이었던 슬픈 운명을 한탄하는 것 말고 내가 할 수 있는 더 나은 일은 없단 말인가? 하지만 더 중요한 건 나 역시 곧 죽는다는 사실이다. 모두가 모른 체하고 나도 상관하지 않는다. 그까짓 것은 아무래도 좋다. 지금 이 순간 그가 죽어 가고 나는 그 놈을 사랑하기 때문에. 나는 그를 사랑한다. 아, 빌어먹을⋯⋯.

채소밭

그르넬 거리, 방

마르트 이모의 집은 송악으로 뒤덮인 오래된 오막살
이로, 봉해진 창문 하나로 장식된 정면 때문에 그 장소와
거주자에 딱 맞는 애꾸눈의 풍모를 지니고 있었다. 어머
니의 자매들 중 장녀였고 이명(異名)을 물려받지 못한 유
일한 딸이었던 마르트 이모는 까다롭고 못생기고 냄새
나는 노처녀였고 닭장과 토끼장 사이의 지독한 악취 속
에서 살고 있었다. 당연한 일이지만 집 안에는 물, 전기,
전화, 텔레비전이 없었다. 워낙 시골 여행을 좋아하는 터
라 현대적인 편의 시설이 없는 것은 불편하지 않았지만
우리는 그 집에서 더 큰 골칫거리와 마주해야 했다. 이모
님 댁에서는 살림 도구를 잡으려 할 때나 공교롭게도 가
구에 부딪혔을 때 손가락이나 팔꿈치에 뭔가가 끈끈하
게 달라붙지 않는 적이 없었다. 말 그대로 모든 것을 덮
고 있는 끈끈한 막을 눈으로 볼 수 있을 정도였다. 우리

56

는 그녀와 점심도 저녁도 결코 같이하지 않았고 소풍을 가라는 지상 명령이라는 ("이렇게 좋은 날씨에 골로트 강가에서 점심을 먹지 않는다는 것은 죄악일 거야.") 핑계를 댈 수 있다는 사실에 몹시 행복해하면서 홀가분하게 멀리 나가곤 했다.

전원. 대리석이 깔린 현관, 발걸음 소리와 감정을 죽이는 붉은 양탄자, 계단 벽을 장식한 델프트 도기, 엘리베이터라 불리는 값비싼 작은 방을 섬세하게 도장한 호사스러운 목재에 취해 나는 도시에서 전 생애를 보냈다. 매일, 매주 전원풍 식사로부터 아스팔트와 훌륭하게 꾸며진 부르주아풍 집으로 돌아왔고 푸른 채소에 대한 갈증을 걸작으로 깔린 사면에 가두었으며 내가 나무들을 향해 태어났다는 사실을 언제나 조금씩 잊어 갔다. 전원. 내 녹색 대성당. 거기서 심장은 가장 열렬한 성가를 불렀고 눈은 본다는 것의 비밀을 배웠으며 입맛은 산짐승과 채소밭의 맛을, 코는 고상한 향기들을 배웠다. 비록 악취나는 동굴이 있었지만 마르트 이모에겐 보물도 하나 있었기 때문이다. 나는 멀든 가깝든 맛의 세계에 관한 한 모든 종류에 해당하는 최고의 전문가들을 만났다. 요리사는 그의 오감을 동원할 때에만 온전히 요리사일 수 있다. 하나의 음식은 시각, 후각, 그리고 물론 미각에서 기쁨을 줘야 하지만 많은 경우 요리사의 선택을 좌우하고 요리의 향연에서 큰 역할을 하는 촉각에서도 기쁨을 줘야 한다. 청각이 이 윤무에서 약간 뒷전이라는 것은 사실이다. 그러나 먹는 일은 소란 속에서 이루어지지 않을 뿐 아니라 침묵 속에서 이루어지지도 않는다. 맛보는 일에 동반되는 모든 소리는 그것에 참여하거나 그것을 방해하므로 식사는 분명히 운동 감각적인 것이다. 그처럼 나는 향기 전문가들과 함께 종종 주연을 베풀었다. 그들은 꽃에서 나온 냄새에 유혹된 다음 부엌에서 풍기는 냄새에 유인된 이들이었다.

코의 정교함에서 마르트 이모를 당할 사람은 없을 것이다. 왜냐하면 이 키 크고 여윈 여자 자신이 바로 하나의 '코', 진짜이고 큰, 자기 자신은 몰랐지만 만일 경쟁자가 있었다면 그 무엇도 대적하지 못할 놀랄 만큼 예민한 코였기 때문이다. 그처럼 문맹에 가까운 데다가 썩은 냄새를 주위에 퍼붓는 인간 폐물이었던 투박한 여인은 정원을 천국의 향기로 가꾸어 놓았다. 야생화, 인동덩굴, 솜씨 좋게 가꾼 빛바랜 옛 장미의 교묘한 뒤얽힘 속에 눈이 부실 듯한 작약과 푸른 세이지가 흩뿌려진 채소밭이 그 지방에서 가장 좋은 상추로 자태를 뽐내고 있었다. 피튜니아의 폭포, 라벤더의 작은 숲, 언제나 변치 않는 회양목 몇 그루 그리고 현관 아치엔 조상 대대로 자리한 등나무. 잘 조율된 이 뒤죽박죽 속에, 허무에 바쳐진 인생의 더러움과 물씬한 악취와 불결함으로 감출 수 없는, 그녀 최고의 작품이 똑똑히 드러나 있었다. 얼마나 많은 늙은 시골 여자들이 이와 같은 보통 이상의 감각적 직관을 타고났는가. 원예와 약초 물약, 타임을 넣은 토끼 스튜에서 발휘되는 이 직관을. 그리고 아무도 그 천부적 재능을 모르는 채로 그네들은 인정받지 못하고 죽는다. 그처럼 하찮고 가소로워 보이는 것, 시골 구석의 어지러운 정원이 가장 아름다운 예술품에 속할 수 있다는 사실을 우리는 흔히 모르기 때문에. 꽃과 채소의 꿈속에서 나는 햇볕에 그은 발로 정원에 뒤얽힌 마른 풀을 짓이기며 향기에 취하곤 했다.

우선 내가 쾌락에 취해 손가락으로 구기던, 토마토와 완두콩 사이에 포복한 제라늄 잎의 향기. 오만한 신 냄새가 코를 찌르지만 절인 레몬의 섬세한 쌉쌀함을 연상시킬 만큼 강하지는 않은 시금털털한 이파리. 여기에는 파렴치함과 과일 향을 한꺼번에 지닌 토마토 잎의 신

냄새가 살짝 가미되어 있었다. 이것이 제라늄 잎이 풍기는 냄새이며 이것이 내가 채소밭에 엎드려 꽃들 속에 머리를 박고 굶주린 자처럼 탐욕스럽게 코를 처박아 만끽한 냄새다. 아, 인공의 것이 없는 왕국의 군주로 군림한 한때의 멋진 추억이여…….. 굳건히 열을 지은 군대가 될 때까지 매년 대대적으로 신병을 일으키는 흰, 노란, 분홍빛 카네이션 군단은 이 궁정의 네 귀퉁이에서 자랑스럽게 솟아오르고 있었다. 그리고 알 수 없는 기적의 힘으로 너무 긴 줄기의 무게에도 주저앉지 않고 그 이상한 꽃부리를 씩씩하게 궁정 위로 내밀고 있었다. 잔뜩 찌푸리고 빽빽하게 미어터진 외형으로 몰상식한, 찌글찌글 조각된 꽃부리, 저녁 무도회에 가는 미녀들처럼 분 냄새를 주위에 뿜어 대는 꽃부리를.

무엇보다도 보리수가 있었다. 거대하고 지칠 줄 모르는 나무는 잘리기를 고집스레 거부하는 잔가지의 촉수들로 해가 갈수록 집을 침수할 듯이 위협하고 있었고 그것들을 자른다는 건 생각할 수도 없는 일이었다. 여름의 가장 무더운 시간에 그 성가신 무성한 가지는 가장 향기로운 정자 노릇을 했다. 나는 나무 밑동에 벌레 먹은 나무로 만든 작고 긴 의자를 기대어 놓고 앉아 그 창백한 황금빛 꽃들에서 흘러나오는 순수하고 부드러운 꿀 냄새를 크게 들이마시곤 했다. 낮의 끝에 향기를 내는 보리수, 그것은 우리 마음에 지울 수 없게 새겨지는 법열이며, 우리 삶의 기쁨 속에 어느 달콤한 7월의 저녁으로밖에 설명할 수 없는 행복의 고랑을 파는 황홀이다. 허파 가득 빨아들여야 할, 이미 오래전부터 내 콧구멍을 더 이상 스치지 않는 기억 속 향기. 나는 마침내 그 향을 이루는 것이 무엇인지 이해했다. 그것은 오랫동안 날이 덥고 비가 오지 않았을 때 먼지를 머금은 나뭇잎이 풍기는 특별한 냄새와 꿀의 합작품으로, 공기 속에서 농축된 여름을 마시는 듯한 부조리하지만 숭고한 감정을 불러일으킨다. 아, 햇빛의 날들! 겨울의 족쇄에서 해방된 몸은 마침내 벗은 피부 위로 미풍의 애무를 느낀다. 되찾은 자유의 환희 속에서 무한히 세계로 열린 훈풍, 보이지 않는 곤충들의 붕붕거리는 소리로 가득 찬 정지된 허공 속에 시간은 멈추었다. 죽 뻗은 길 가장자리에 늘어선 포플러 나무들은 무역풍을 받아 빛과 간지러운 그림자 사이에서 살랑거리는 녹색 선율을 노래한다. 대성당, 그렇다, 태양이 튀어 묻은 녹색 대성당은 그 직접적이고 밝은 아름다움으로 나를 둘러싼다. 밤이 찾아올 무렵 라바트의 거리에 핀 재스민도 이처럼 강한 연상을 일으키지는 못할 것이다. 나는 보리수에 얽힌 맛의 실마리를 따라 거슬러 올라간다. 기운 없이 조용히 흔들리는 잔가지들, 내 시야 가장자리에서 꿀을 따 모으는 벌 한 마리. 나는 기억한다…….

한순간도 망설이지 않고 그녀는 다른 모든 것들 중에서도 바로 그놈을 골라 땄다. 이모는 몇 세기의 경험과 강철 같은 의지와 수도승 같은 훈련이 필요할 것 같은 일을 그토록 쉽고 확실하게 해냈다. 그때부터 나는 이것이 바로 탁월함이라는 것을 배웠다. 마르트 이모는 도대체 어디에서 이런 과학을 배운 것일까? 액체 비중 측정, 태양 광선, 생물 성숙, 광합성, 방향 측지, 그리고 내 무지 때문에 감히 열거조차 못 할 다른 많은 요인들에 대한 과학 말이다. 보통 사람이 경험과 숙고를 통해 아는 것을 그녀는 본능적으로 알았다. 그녀의 날카로운 분별력은 채소밭의 표면을 쓸고 지나갔고 시간의 흐름 속에서 거의 구별해 낼 수 없는 백만 분의 일 초 동안에 이미 기후를 측정했다. 그리고 이모는 알고 있었다. 그녀는 내가 "날씨가 좋군요."라고 말하는 것처럼 그렇게 확실하고 무관심하게, 이 작은 붉은 궁룽들 중에서 어떤 것을 지

금 따야 하는지 알고 있었다. 밭일로 변형된 지저분한 그
녀의 손 위에 새빨갛고 팽팽한 비단으로 치장한, 부드럽
고 우묵한 골들이 계곡을 이룰락 말락 한 궁륭 하나가 놓
여 있었다. 잔치 드레스에 옥죄인 포동포동한 부인의 명
랑한 기분이 주위에 번졌다. 부인은 너무나 오동통했기
에, 어쩔 수 없이 한 입 깨물고 싶은 참을 수 없는 욕구를
불러일으켰고 그것은 부조화를 보상하기에 충분했다. 긴
의자에 주저앉아 보리수 밑에서 나뭇잎의 자장가를 들으
며 나른한 낮잠을 자다가 깨어난 나는 이 다디단 꿀의 차
양 밑에서 그 과일을 깨물었다. 토마토를 깨물었다.

토마토 샐러드, 오븐에 구운 토마토, 라타투이,* 토마
토 잼, 구운 토마토, 속 채운 토마토, 설탕에 절인 토마토,
방울 토마토, 크고 무른 토마토, 푸르고 신 토마토, 올리
브 기름이나 굵은 소금, 포도주, 설탕, 고추를 뿌린 토마
토, 으깬 토마토, 껍질 벗긴 토마토, 토마토 소스, 토마토
콩포트,† 토마토 무스, 심지어 토마토 소르베. 나는 한 번
이상은 다 먹어 보았다고, 최고의 요리사들의 차림표들

---

*   ratatouille. 토마토, 호박, 양파, 가지 등을 끓인 채소 스튜.
†   compote. 과일을 덩어리째 물과 설탕에 졸인 음식으로 주요리와 디저트
    사이에 먹는다.

에서 영감을 받은 비평을 쓰면서 그 비밀을 꿰뚫었다고 제멋대로 생각했다. 얼마나 어리석은 일인가, 얼마나 딱한 일인가. 나는 저열한 상술을 합리화하기 위해 신비가 없는 곳에서 신비를 만들어 냈다. 도대체 쓴다는 것이 무엇이란 말인가? 아무리 화려한 비평일지라도 핵심에 대한 관심은 전혀 없고 진실에 관해서는 아무것도 말해 주지 않으며 단지 유명해지는 즐거움에 종속되어 있을 뿐인데. 그러나 토마토, 나는 그것을 안다. 마르트 이모의 정원 이후로, 언제나 점점 더 매서워지는 태양의 작고 가냘픈 혹을 머금고 있었던 그 여름 이후로, 넉넉하고 미지근한, 내 이가 토마토의 살을 찢어 냉장고의 냉기보다 더 풍부한 즙으로 혀를 적신 이후로. 식초의 모욕과 기름의 거짓 고귀함은 토마토의 정수인 온화함을 숨긴다. 설탕, 물, 과일, 과육, 액체 또는 고체? 따자마자 마당에서 먹는 생토마토는 단순한 감각들이 넘치는 뿔잔이며 입안에 퍼져 모든 쾌감을 한데 모으는 폭포다. 아주 조금, 아주 적당히 팽팽한 껍질의 저항, 녹신녹신한 과육, 입술 한구석으로 흘러내리는, 그리고 손가락을 더럽힐 염려 없이 닦아 낼 수 있는 노글노글한 씨 있는 액체. 자연의 급류를 우리에게 콸콸 쏟아붓는 이 작고 살진 덩어리. 이것이 토마토다, 이것이 뜻밖의 사건이다.

　　백 년 묵은 보리수 아래 향기와 맛봉오리 사이에서 중대한 하나의 진리에 접근한다는 혼란스러운 심정으로 나는 마르트 이모가 골라 준 아름다운 주홍빛들을 깨물 었다. 중대한 하나의 진리, 그러나 내가 죽음의 문턱에서 추구하는 진리는 아니다. 오늘 아침 나는 분명 내 마음을 부르는 그곳이 아닌 다른 곳에서 방황할 절망의 잔을 남 김없이 마셔야 하리라. 생토마토, 이 또한 아니다. 그리 고 또 다른 날것이 떠오른다.

비올레트
그르넬 거리, 부엌

가련한 부인. 부인의 저런 모습을 보는 일이란. 완전히 고통에 잠긴 영혼이다. 그녀는 이제 무엇을 해야 할지조차 모른다. 그의 상태가 아주 나쁜 것은 사실이다. 나는 그를 알아보지 못했다! 어쩜 저리 하루 동안 바뀔 수가 있는지, 알다가도 모를 일이다.

부인은 내게 말했다. 비올레트, 그는 음식을 찾아요. 아시겠어요, 음식을 찾는다고요. 하지만 어떤 음식인지는 몰라요. 나는 곧바로 알아들을 수가 없었다. 부인, 그분이 음식을 원해요, 원하지 않아요? 그는 자기를 즐겁게 해 줄 것을 찾고 또 찾아요. 하지만 찾지 못해요. 그녀는 손을 비틀었다. 곧 죽을 마당에 요리 한 접시 먹자고 스스로를 그렇게 괴롭히다니. 내가 내일 죽는다면 먹는 일로 걱정하지 않으리라는 건 확실하다!

나는 여기서 모든 일을 한다. 거의 모든 일을. 삼십

년 전 처음 왔을 때는 가정부였다. 부인과 주인 양반은 막 결혼한 참이었고 내가 보기에 가진 재산은 그저 그랬다. 가정부를 일주일에 세 번 쓸 수 있을, 딱 그 정도였다. 많은 돈이 들어온 것은 그 후의 일이다. 나는 형편이 아주 빨리 나아지고 있다는 것과 그들이 점점 더 많은 돈이 들어올 거라 예상한다는 것을 잘 알 수 있었다. 지금 사는 이 커다란 아파트로 이사를 했으니까. 부인은 엄청나게 많은 공사를 시작했고 아주 명랑했고 행복해했다. 누가 봐도 알 수 있었다. 그리고 정말 예뻤다! 그래서 주인 양반의 상황이 확실히 안정적이 되었을 때 그들은 다른 고용인들을 채용했고 나는 더 좋은 보수에 종일제로, 다른 이들을 '감독하기' 위해 부인에게 '집사'로 고용되었다. 다른 이들이란 가정부, 급사장, 정원사(커다란 테라스 하나가 있을 뿐이지만 정원사는 언제나 할 일을 찾아낸다. 실은 그는 내 남편이므로 언제나 그를 위한 작업은 있을 것이다.)다. 하지만 주의할 것은 그게 일이 아니라고 믿어서는 안 된다는 것이다. 나는 하루 종일 뛰어다니고 작성할 명세서와 목록과 시킬 일이 있고, 으스대려는 건 아니지만 솔직히 내가 없으면 이 집 안에서 돌아가는 일이 없을 것이다.

나는 주인 양반을 좋아한다. 그에게 잘못이 있다는

것은 안다. 벌써 가련한 부인을 이처럼 불행하게 했다는 잘못이 있다. 오늘뿐 아니라 처음부터 언제나 떠나고 돌아와서 근황도 묻지 않고 마치 투명 인간 보듯이 그녀를 바라보고 팁을 주듯이 그녀에게 선물을 주었으니까. 아이들을 이야기하지 않더라도 말이다. 로라가 올지 의문이다. 예전에는 그가 늙을 때쯤엔 모든 것이 잘되고 그도 결국은 부드러워질 거라고 믿었다. 그리고 손자는 부모와 자식을 화해시키게 마련이다. 그건 막을 수 없는 일이다. 물론 로라는 아이가 없다. 그렇지만 올 수도 있을 텐데…….

나는 주인 양반을 두 가지 이유에서 좋아한다. 우선 그가 나와 내 남편 베르나르에게 언제나 예의 바르고 친절했기 때문이다. 자기 부인과 애들한테보다 더 예의 바르고 친절했다. 그는 예의를 차려 이렇게 말한다.

"안녕하세요, 비올레트, 오늘 아침엔 어떻습니까? 아들은 나아졌습니까?"

자기 부인에게는 이십 년 전부터 인사를 하지 않으면서 말이다. 더 나쁜 것은 그 상냥한 굵은 목소리 덕택에 아주 솔직해 보인다는 점이다. 그는 전혀 오만하지 않다. 천만의 말씀이다. 우리에게는 언제나 매우 정중하다.

그리고 나를 쳐다보고 내 말에 주의를 기울이고 내가 언제나 기분이 좋고 할 일이 있는 것을 보고 웃음을 짓는다. 나는 전혀 쉬지 않는다. 그리고 내가 그에게 이렇게 되물을 때 대답을 하기 때문에 나는 그가 내 말을 듣는다는 것을 안다.

"선생님은요? 오늘 아침 어떠세요?"

"좋아요, 좋아요, 비올레트. 하지만 일이 잔뜩 밀려서 어떻게 할 방도가 없군요. 가 봐야겠어요."

그리고 그는 나에게 윙크를 하고는 복도로 사라진다. 자기 아내에게는 하지 않을 일이다. 그는 우리와 같은 사람들을 좋아한다. 주인 양반은 우리를 더 좋아한다, 그건 느낄 수 있다. 내 생각에 그는 자주 만나는 높은 사람들보다 우리와 함께 있는 것을 더 편하게 생각하는 것 같다. 그들을 기쁘게 하고 놀래고 잔뜩 먹이고 자기 이야기를 듣는 그들을 바라보면서 만족하는 것은 분명하지만 그들을 좋아하지는 않는다. 그건 그의 세계가 아니다.

내가 주인 양반을 좋아하는 두 번째 이유는 이야기하기가 좀 어려운데, 그건 그가 침대에서 방귀를 뀌기 때문이다! 처음 들었을 때 나는 내가 들은 것이 무슨 소리인지 이해하지 못했다. 아침 7시였는데 그다음에 그 소리가 한 번 더 났다. 소리는 주인 양반이 밤늦게 들어올 때 가끔 자는 작은 객실의 복도에서 들려왔다. 일종의 폭발음, 꽥 하는 소리, 그러니까 정말로 아주 큰 소리. 나는 그 비슷한 소리조차 들어 본 적이 없었다! 그다음에 나는 알아차렸고 미친 듯이, 정말로 미친 듯이 웃어 댔다! 나는 데굴데굴 굴렀고 배가 아팠지만 그래도 부엌으로 갈 정신은 있어서 긴 의자에 가 앉았다. 다시는 숨을 돌리지 못하는 줄 알았다! 그날 이래 나는 주인 양반에게 호감을 갖게 되었다. 그렇다, 호감. 왜냐하면 내 남편도 역시 침대에서 방귀를 뀌기 때문이다.(하지만 그렇게 심하지는 않다.) 우리 할머니께서는 침대에서 방귀 뀌는 사람은 삶을 사랑하는 사람이라고 말씀하셨다. 그리고 잘 모르겠지만 그 일은 그를 더 가깝게 느끼게 해 주었다.

나는 주인 양반이 뭘 바라는지 잘 안다. 그건 음식이 아니다, 먹는 게 아니다. 이십 년 전에 여기 왔던 아름다운 금발 여인이다. 슬픈 기색에 아주 부드럽고 우아한, 나에게 물었던 여인.

"선생님은 댁에 계시나요?"

나는 대답했다.

"아뇨, 하지만 부인이 계십니다."

그녀는 한쪽 눈썹을 추켜올렸다. 나는 그녀가 놀라는 걸 분명히 보았다. 그리고 그녀는 뒤꿈치를 돌렸고 그 뒤로 한 번도 그녀를 보지 못했지만 그들 사이에 무엇인가가 있었다는 것을, 그리고 그가 자기 아내를 사랑하지 않았다는 것을 나는 확신한다. 그 때문에 그는 모피 외투를 입은 그 키 큰 금발 여인을 그리워하는 것이다.

날것
그르넬 거리, 방

완전성이란 곧 회귀다. 퇴폐기의 문명만이 완전할 수 있는 이유가 여기에 있다. 일본 문화의 세련됨은 비길 데 없는 정상에 도달했으며 인류에 가장 큰 공헌을 했다. 문화의 최종적인 실현, 즉 날것으로의 회귀가 가능했던 곳은 바로 그곳, 그 천년 문화의 한복판에서였다. 그리고 인간이 선사 시대 이래 처음으로 향료 몇 가지만을 첨가한 날고기를 먹었던 곳은 나처럼 죽지 않는 늙은 유럽의 품 안이었다.

날것. 그것이 조리하지 않은 재료를 야만적으로 먹는 것으로 요약된다고 생각하는 것은 얼마나 근거 없는 일인가! 날생선의 살을 베는 것은 돌을 자르는 것과 같다. 초보자에게 대리석 암괴(巖塊)는 하나의 덩어리로 보인다. 그는 끌을 아무 데나 대고 한 번 찍지만 돌은 흠 하나 없이 그 전체를 유지하고 연장만 손에서 튀어오른다. 유능한 석공은 재질을 안다. 그는 이미 존재하는 균열이 누군가가 드러내 주기를 기다리다가 그의 돌격에 굴복할 곳을 꿰뚫어 본다. 거기서 그는 1밀리미터도 틀리지 않고 형태가 어떻게 나타날지 벌써 짐작하고 있다. 단지 무지한 자들만이 조각가의 의도에 따라 형태가 만들어진다고 생각한다. 반대로 조각가는 그것을 드러낼 뿐이다. 그의 재능은 형태를 창조해 내는 데에 있는 것이 아니라 보이지 않던 것을 나타나게 하는 데에 있는 것이다.

내가 아는 일본인 요리사들은 몇 년간의 긴 견습 기간을 보낸 후, 다시 말해 살의 지형이 점점 더 확실하게 드러난 이후에야 비로소 생선을 다루는 기술의 달인이 될 수 있었다. 사실 그중 몇몇에겐 이미 손가락으로 생선 살의 단층선을 느끼는 재능이 있었다. 그곳을 자름으로써 재료로 주어진 물고기는 전문가들이 생선의 맛없는 내장으로부터 발굴하는 훌륭한 회로 변할 수 있다. 그러나 이들은 그래도 역시 이 천부적 소질을 길들인 후에만,

본능만으로는 부족하다는 것을 배운 다음에만 예술가가 된다. 능숙한 칼질, 최고를 선택하는 식별력, 좋지 않은 것을 거부하는 기골 또한 필요하다. 가장 훌륭한 요리사였던 요리장 추노는 거대한 연어 한 마리에서 볼품없어 보이는 단 한 조각을 추출하는 데 이르곤 했다. 질로 보자면 사실 장황한 것은 아무런 의미도 없다. 완전성이 모든 것을 결정한다. 신선한, 단 하나의, 벌거벗은, 날것의, 즉 완전한 물질 한 조각.

나는 그가 노년에 접어들었을 때에야 그를 알았다. 그가 자기 부엌을 떠나 접시에 더 이상 손을 대지 않는 손님들을 계산대 뒤에서 관찰하던 때에. 그렇지만 주인장의 자격으로, 또는 특별한 경우 그는 가끔 한 번씩 일을 다시 잡곤 했다. 그러나 오로지 회만 잡았다. 근 몇 년간 이미 예외적이었던 이 경우들도 점점 드물어져서 희귀한 사건이 될 정도였다.

그때 나는 젊은 비평가였고 내 경력은 유망함을 약속하는 시초에 있을 뿐이었다. 나는 거드름으로 보일 수도 있었을, 나중에야 내 천재성의 표지로 인정받은 오만을 아직 감추고 있었다. 다시 말해 나는 겸손의 빛을 위장하고 오시리 바에 혼자 앉아 훌륭한 저녁 식사를 기대하고 있었다. 나는 태어나서 한 번도 물고기를 날것으로 먹어 본 적이 없었고 거기서 새로운 쾌락을 기대하고 있었다. 사실 향신채에 묻힌 미식가였던 나의 행로에는 날생선을 예비할 만한 것은 없었다. 나는 의미를 이해하지 못한 채 '향토(terroir)'라는 단어만을 입에 머금고 있었다. 그러나 나는 이제서야 '향토'가 우리 어린 시절이나 마찬가지인 신화를 통해서만 존재한다는 것을 안다. 그리고 우리가 땅에 뿌리박은 전통의 세계와 지방색을 만들어 내는 것은 어른이 된다는 공포를 맛보기 이전에 존재하던 결코 끝나지 않을 마술적인 몇 해를 견고하게 만들고 객관화하고자 하기 때문임을 안다. 흐르는 시간에도 불구하고 사라진 세계가 영속하기를 바라는 맹렬한 의지만이 '향토'의 존재에 대한 믿음을 설명할 수 있다. 그것은 지나간 모든 인생이며 조상들의 의례와 토속 음식 속에 침전된 맛과 냄새와 흩어진 향기의 집합체이며 모래로 금을, 시간으로 영원을 만들려 했던 환상의 기억을 담은 도가니다. 정반대로, 변하지 않고 닳지 않고 잊히지 않는 위대한 요리란 없다. 요리가 예술이 되고 죽기를 원하지 않는 이들의 강박 관념 속에 응고되지 않으면서도 계속 살아 있을 수 있는 것은 과거와 미래, 이곳과 다른 곳, 날

것과 익힌 것, 짠 것과 단것이 섞이는 작업대 위에서 끊임없이 새로 태어나기 때문이다.

그러므로 카술레*와 포테 오 슈†에 묻혀 있던 내가 일본 요리와의 모든 접촉에 있어서 — 선입관을 제외하고 — 경험이 없는 채 오시리 바에 도착했다고 한다면 그것은 절제된 표현일 것이다. 그곳에는 일렬로 늘어선 요리사들이 그들 뒤 오른쪽 구석 의자 위에 쑤셔 박힌 작은 남자를 숨기다시피 한 채 일하고 있었다. 모든 장식이 배제된 식당은 스파르타풍 실내에 단순한 의자가 놓여 있고 식사와 서비스에 만족한 회중이 있는 장소에서 들릴 직한 즐거운 왁자지껄이 넘쳤다. 아무것도 놀랄 것이 없었다. 아무것도 특별할 것이 없었다. 그는 왜 그랬을까? 내가 거기에 있다는 것을 알았을까? 미식가들의 좁은 세계에서 유명해지기 시작한 내 이름이 이 무뎌진 늙은 사내의 귀에까지 들어갔단 말인가? 그것은 그를 위한 것이었을까, 나를 위한 것이었을까? 모든 감정으로부터

* cassoulet. 거위, 오리, 돼지, 양고기 등을 흰콩과 함께 조리한 스튜. 랑그도크 지방에서 비롯된 요리로 사암 토기 항아리에 조리해서 내는 것에서 카술레라는 이름이 유래했다.
† poteé aux choux. 소금에 절인 돼지고기와 소시지를 흰콩과 쭈른양배추, 당근, 양파, 감자, 순무 등과 함께 끓인 스튜.

벗어난 사려 깊은 한 인간이 도대체 무엇 때문에 자기 속에서 가물거리는 불꽃을 깨워 마지막 과시를 위해 강한 힘을 불태운 것일까? 물려주는 자와 쟁취하는 자의 대면에서 결정적 역할을 하는 것은 친자 관계인가, 자기희생인가? 신비의 심연······. 마지막을 제외하고 그는 나에게 한 번도 눈길을 주지 않았다. 공허하고 황폐한, 아무것도 말하지 않는 눈이었다.

그가 초라한 의자에서 일어섰을 때 대리석 같은 정적이 식당 전체에 차츰 퍼져 나갔다. 우선 당황하여 굳은 요리사들에게로, 그다음에는 마치 보이지 않는 파장이 장내 모든 사람들에게 빠르게 전파된 것처럼 바에 앉은 손님들, 홀의 손님들, 방금 막 들어온 이들, 그리고 어안이 벙벙하여 이 장면을 관조하던 이들에게까지 퍼져 나갔다. 그는 한마디 말도 없이 일어나서 작업대를 향해, 내 정면을 향해 섰다. 방금 전 작업 팀을 이끌던 것으로 짐작되는 사람이 간단하게 몸을 굽혀 인사를 했다. 아시아 문화의 특징인 절대적인 겸양이 묻어 있는 몸짓으로. 그리고 다른 모두와 함께 부엌 입구 쪽으로 천천히 물러선 다음 거기 들어가지는 않고 부동의 자세로 경건하게 서 있었다. 요리장 추노는 내 앞에서 부드럽고 절제된, 궁핍하다고 해도 좋을 만큼 절제된 동작으로 작품을 만들어 냈지만 나는 그의 손바닥 아래로 진줏빛과 물결무늬 속에서 분홍색, 흰색, 회색 살의 광채가 태어나고 피어나는 것을 보았다. 나는 매혹되어 이 경이를 참관했다.

현기증 나는 경탄이었다. 내 치아의 방벽을 넘어 들어온 것은 고체도 아니고 물도 아닌, 그 둘 사이의 매개적인 물질로서 고체의 편에서는 무(無)에 저항하는 견고성을 간직하고 물의 편에서는 기적 같은 유동성과 부드러움을 빌려 온 물질이었다. 진짜 회는 씹히지 않지만 혀 위에서 녹지도 않는다. 진짜 회는 느리고 유연히 씹어야만 한다. 음식의 성질을 변화시키기 위해서가 아니라 단지 공기처럼 가벼운 말랑함을 맛보기 위해. 그렇다, 폭신함도 물컹함도 아닌 말랑함. 회, 마치 비단 같은 우단 먼지. 회는 두 가지를 조금씩 가지고 있으며 수증기로 된 본성의 희한한 연금술 속에서 구름이 갖지 못한 우유의 밀도를 지니고 있다. 이러한 흥분을 내 안에 불러일으킨 첫 분홍색 한 입은 연어였다. 그러나 나는 또한 광어, 대합 관자, 문어와 만나야 했다. 연어는 본성적으로 담백하지만 기름지고 달았고 문어는 엄하고 혹독

했으며 치아에 오래 저항한 끝에야 찢어지는 비밀스러운 조직이 끈끈하게 결합되어 있었다. 나는 분홍과 연보랏빛으로 무늬지고 돌출물 끄트머리가 톱니 모양으로 거무스름한 그 이상하고 깔쭉깔쭉한 조각을 와락 입에 넣기에 앞서 관찰했고 겨우 익숙해진 젓가락으로 서투르게 집어서 엄청난 밀도에 사로잡힌 혀로 그것을 맞아들였고 쾌감에 몸을 떨었다. 그 둘 사이, 연어와 문어 사이에는 언제나 그 밀도 높은 유동성과 함께 입이 느낄 수 있는 모든 색조의 감각이 있었다. 혀 위에 하늘을 올려놓는 유려한 흐름 때문에 물도 기린 맥주도 더운 사케도, 음료는 필요가 없었다. 대합 관자는 그것대로 너무나 가볍고 덧없어 입에 넣자마자 사라져 버렸지만 그 후에도 오랫동안 볼은 그 깊이 있는 스침을 기억했다. 마지막으로 실제와 다르게 가장 투박해 보이는 광어에는 섬세한 레몬 맛이 돌았고 그 특별한 살은 치아 밑에서 놀라운 풍만함으로 도드라졌다.

이것이 바로 회, 심장으로 느낄 수 있는 우주의 파편이다. 아, 그러나 그것은 여전히 나의 잔인함, 아니 나의 영민함을 피해 달아나는 그 향기, 그 맛에서는 너무나 멀다. 나는 동물 포식자들의 야만에서 멀리 떨어진 날것의 섬세한 모험을 떠올림으로써 내 기억 속 진짜 향기를 찾을 수 있다고 믿었다. 내가 절망적으로 잡으려 하는 미지의 기억…… 갑각류, 다시, 언제나. 어쩌면 이것이 맞지 않을까?

샤브로
부르고뉴 거리, 진료실

가능한 세 가지 길.

접근선의 길. 형편없는 봉급, 녹색 가운, 긴 인턴 당직 근무들, 약속된 장래, 권력의 길, 명예의 길. 심장병학 교수, 공립 병원, 원인을 찾는 정열, 과학에 대한 사랑. 꼭 필요한 만큼의 야망과 분별과 능력. 이에 대해 나는 충분히 준비되어 있었다.

중선의 길. 일상. 많고 많은 돈. 우울증에 걸린 부르주아들, 호사하는 늙은 부자들, 구협염과 유행성 감기와 깊이를 알 수 없는 오랜 지루함에 찌든 도금된 중독자들로 이루어진, 음침하게 늘어선 지위 있는 고객들. 아내가 해마다 12월 25일에 선물한 몽블랑이 백색 처방전 위로 미끄러진다. 나는 고개를 들고 알맞은 순간에 미소를 짓는다. 약간의 격려와 예의, 많은 거짓 인간성을. 그리고 변호사 협회장 부인인 데르빌 부인에게서 불치의 히스테

리성 불안을 무죄 석방해 주는 대가로 지불을 받는다.

접선의 길. 육체가 아니라 영혼을 치료하기. 기자, 작가, 화가, 배후 인물, 거물급 문인, 고고학자? 무엇이건 상관없다. 세속적인 의사의 고급스러운 마감재로 꾸며진 진료실만 제외하고. 부유한 구역에 자리 잡은 안락한, 책임 없는 지위만 제외하고…….

당연히, 중선의 길. 그리고 때로는 나를 잠식하고 때로는 신랄하고 때로는 숨어 있지만 언제나 존재하는 내면의 들끓음만큼, 끈덕진 불만처럼 길게 늘어진 오랜 세월.

그러므로 처음으로 그가 내 진료를 받았을 때 나는 어렴풋이 구원을 예감했다. 그는, 부르주아이기를 포기하기에는 그 피로 인해 너무 부패했기에 내가 할 수 없었던 것을 선물했다. 나의 고객이 된다는 암묵적인 승인만으로, 단순히 나의 대기실을 정기적으로 방문하는 것만으로, 말썽 피우지 않는 환자의 흔한 온순함으로. 나중에는 관대하게도 나에게 대화라는 또 다른 선물을 주었다. 그때까지 생각지도 못했던 세계들이 나타났고 나는 나의 불꽃이 언제나 그처럼 열렬히 갈망하면서 결코 얻을 수 없다고 절망했던 그것을 살았다. 그의 덕분에, 그의 대리로.

대리로 살기. 대요리사들을 탄생시키고 매장하기, 진수성찬으로부터 말과 문장, 언어의 교향곡을 추출하기, 그 번쩍거리는 아름다움으로부터 식사를 출산하기. 우두머리, 지도자, 신격으로 존재하기. 접근할 수 없는 영역들을 정신으로 접촉하기, 남몰래 영감의 미로에 숨어들기, 완전성에 스쳐 닿기, 천재에 이르기! 과연 무엇을 선호해야 하는가? 목적도 없이 소금도 없이 편안한 호모 사피엔스의 가난하고 평범한 삶을 살아야 하는가, 목표를 지키기에는 너무 약하기 때문에? 그렇지 않으면 거의 불법으로, 자신이 좇는 바를 알고 이미 원정을 시작한, 궁극적인 목적을 가짐으로써 불멸에 이른 타인의 환희를 무한히 누릴 것인가?

더 나중에 선사된 또 다른 시혜. 그의 우정. 남자 대 남자라는 친밀함 속에서, 예술에 대한 열정의 불 속에서 나는 그의 증인, 제자, 보호자, 찬미자가 되었고 그가 나에게 친밀함으로 던지는 시선을 받아들인 대가로 합의된 내 종속의 열매를 백배로 되받았다. 그의 우정! 누군들 세기의 위인과 우정을 꿈꾸지 않겠으며 누군들 영웅에게 반말로 이야기하기를, 총애받는 아들이자 요리의 축제에 군림하는 위대한 우두머리를 포옹하기를 원하지 않겠는 가? 그의 친구! 그의 친구이자 거의 특권적인 상담역. 아, 그에게 죽음을 선고하는 것은 얼마나 귀중한 동시에 고통스러운가. 내일? 새벽? 아니면 오늘 밤? 오늘 밤……. 그리고 나의 밤. 증인은 더 이상 증거할 수 없을 때 죽으므로. 제자는 상실의 고통으로 죽고 보호자는 그 기능의 상실로 죽으며 마지막으로 찬미자는 묘지의 평화에 바쳐진 송장을 찬미하다 죽으므로, 나의 밤…….

그러나 나는 아무것도 후회하지 않으며 모든 것을 내 것으로 요구한다. 왜냐하면 그것은 그였으므로. 그리고 나였으므로.

거울

그르넬 거리, 방

　그의 이름은 자크 데트레르였다. 내가 경력을 쌓기 시작한 초창기였다. 제르송 레스토랑의 특선 요리에 대한 기사를 막 끝낸 참이었다. 내 직업의 틀을 혁신하고 나를 요리 비평의 하늘로 끌어올린 바로 그 기사였다. 흥분 속에서도 자신감을 가지고 곧 일어날 일을 기다리면서 나는 삼촌 댁에 은둔해 있었다. 삼촌은 아버지의 만형이자 멋있게 살 줄 아는, 가족들에게는 괴짜로 통하는 노총각이었다. 그는 한 번도 결혼을 하지 않았고 옆에 여자가 있는 걸 본 적도 없어서 아버지는 그가 동성애자가 아닐까 의심을 할 정도였다. 삼촌은 사업에 성공했고 그 후 중년이 되자 랑부예 숲에서 가까운 매혹적인 작은 소유지에 은둔하면서 장미나무를 다듬고 개들을 산책시키고 오랜 사업 친구들과 여송연을 피우고 독신자의 단출한 식사를 요리하면서 평온한 나날을 보냈다.

그의 부엌에 앉아 나는 그가 요리하는 모습을 보고 있었다. 겨울이었다. 나는 베르사유에 있는 그로에르 레스토랑에서 점심을 아주 일찍 먹고 유쾌한 기분으로 눈 덮인 작은 도로를 가로질렀다. 따뜻한 불이 난로에서 탁탁 튀고 삼촌은 식사를 준비하고 있었다. 나는 할머니 부엌의 소란스럽고 열광적인 분위기에 익숙했다. 그곳에서는 냄비들이 챙챙거리고 버터가 지글거리고 칼이 딸그락거리는 가운데 몹시 흥분한 여장부 하나가 동분서주했다. 오로지 오랜 경험 덕에 그녀는 지옥의 불꽃 속에서 순교자들이 유지한 평온을 만들어 낼 수 있었을 것이다. 그러나 자크 삼촌은 모든 일을 절도 있게 해냈다. 서두르지 않았지만 더딤이라고는 없었다. 모든 몸짓이 제때에 나왔다.

그는 태국산 쌀을 조심스레 헹구고 작은 은빛 체로 물을 뺐다. 그것을 냄비에 넣고 소금 탄 물을 한 배 반 부은 다음 뚜껑을 덮고 끓게 놓아두었다. 새우들이 사기그릇 속에 흐트러져 있었다. 주로 내가 쓴 기사와 나의 계획에 대해 계속 이야기를 나누면서도 그는 집중해서 세

심하게 새우 껍질을 벗겼다. 한순간도 박자를 빨리하지 않았고 한순간도 늦추지 않았다. 마지막 아라베스크 무늬가 갑옷을 잃자 우유 향 비누로 공들여 손을 씻었다. 여전히 침착하게 주물 프라이팬을 불 위에 얹고 올리브유를 한 가닥 부은 다음 달구어진 팬에 벌거벗은 새우들을 흩뿌려 던졌다. 이 조그만 초승달들이 한군데도 빠짐없이 골고루 볶아지도록 냄새를 물씬 풍기는 철판 위에 춤을 추게 하면서 나무 주걱이 솜씨 좋게 그것들을 농락했다. 그다음 너무 많지도 적지도 않은 카레. 이 관능적인 가루가 이국적인 황금빛으로 갑각류들의 분홍 구릿빛을 장식했다. 재발견된 동양. 소금, 후추를 치고 프라이팬 위에서 고수 한 줄기를 가위로 잘게 잘랐다. 마지막으로 재빠르게 뚜껑 하나 분량의 코냑, 성냥. 마침내 우리가 해방시킨 부름처럼 또는 외침처럼 팬에서 공격적인 긴 불꽃이 솟아올랐다. 타오른 만큼이나 빨리 꺼지는, 미친 듯이 날뛰는 탄식처럼.

대리석 식탁 위에 도자기 접시 한 장과 크리스털 잔, 훌륭한 은제 포크 나이프 한 벌과 수놓인 리넨 냅킨 한 장이 기다리고 있었다. 그는 정성스럽게 나무 숟가락으로 접시 위에 새우 절반과, 작은 그릇에 미리 눌러 담은 다음 뒤집어 박하 잎 한 장을 얹은 통통하고 작은 둥근 지붕으로 만든 밥을 올려놓았다. 그러고는 잔에 투명한 젖빛 액체를 넉넉하게 따랐다.

"상세르* 한 잔 줄까?"

나는 머리를 흔들어 사양했다. 그가 식탁에 앉았다.

단출한 식사. 그것이 바로 자크 데트레르 삼촌이 단출한 식사라고 부르는 것이었다. 그리고 나는 이것이 농담이 아니라는 것을, 매일 그가 이처럼 작은 한 입의 천국으로 안락하게 지내고 있다는 것을 알고 있었다. 자신의 일상식이 세련되었다는 것을 모르는 채로 그의 일상을 특징짓는 무대 연출 없이도 그는 진정한 미식가, 진짜 탐미주의자였다. 나는 내 눈앞에서 그가 준비한 요리에 손을 대지 않고 그가 먹는 모양, 요리할 때와 마찬가지로 초연하고 섬세하게 정성 들여 먹는 모양을 바라보았다. 그리고 내가 맛보지 않은 그 식사는 내 삶에서 가장 훌륭한 식사 중 하나로 남을 것이다.

먹는 것은 쾌락의 행위이고 이 쾌락을 글로 쓰는 것은 예술 활동이지만 진정한 단 하나의 예술 작품은 결국

---

* Sancerre. 프랑스 루아르 지방에서 생산하는 백포도주의 일종. 상당히 드라이한 편이다.

타인의 식사다. 나의 식사가 아니었기 때문에, 내 일상의 전후에 범람하지 않았기 때문에 자크 데트레르 삼촌의 식사는 완전함을 갖추었고 완결된 자기만족적 단위로, 내 기억 속에 시간과 공간을 넘어 새겨진 유일한 순간으로, 내 삶의 감정들로부터 해방된 영혼의 진주로 남을 수 있었다. 마술 거울 속에 반사되어 다른 아무것에도 열려 있지 않은 그림이 된, 거울 틀 안에 내접하고 주변 삶에서 고립되어 밖이 없는 하나의 세계를 연상케 하는 방을 바라볼 때처럼, 타인의 식사는 우리 관조의 틀 안에 갇혀 있으며 무한히 도주하는 우리의 기억과 미래의 선으로부터 면제되어 있다. 나는 그렇게 살고 싶었는지도 모른다. 거울 또는 자크 삼촌의 접시가 내게 떠올리는 삶, 관점들이 없는 삶, 그래서 가능성이 소거됨으로써 예술 작품이 되는 삶, 과거도 없고 내일도 없고 주변도 지평선도 없는 삶. 여기 그리고 지금. 그것은 아름답고 충만하고 완결적이다.

하지만 그것이 아니다. 호화로운 식탁들이 내 천혜의 재능에 선사한 것, 데트레르 삼촌의 새우가 나의 지성에 떠올려 준 것은 내 마음에 아무것도 가르쳐 주지 않는다. 우울. 검은 태양.

태양······.

제젠
그르넬 거리와 바크 거리의 모퉁이

너와 나는 바탕이 같은 인간이다.

지나가는 행인들에는 두 부류가 있다. 그 안에 미묘한 차이는 있지만 우선 더 흔한 부류부터. 그런 놈들이 동전을 줄 때는 순간적일 때를 제외하고는 전혀 시선을 부딪치지 않는다. 그들은 가끔 희미하게 미소를 짓지만 언제나 약간 불편해하면서 잘도 재빨리 달아난다. 아니면 100미터 내내 — 나를 멀리서 알아보고는 50미터 앞에서부터 내 반대 방향으로 머리를 고정하고 서둘러 걸어서, 누더기 거지를 50미터 지나 머리가 평소의 변덕으로 되돌아올 때까지 — 양심의 가책 때문에 걸음을 멈추지 않고 될 수 있는 대로 빨리 지나간다. 그러고는 나를 잊어버리고 다시 자유롭게 숨을 쉬면서 자신이 느낀 연민과 수치심의 고통도 점점 잊어버린다. 그런 놈들이 뭐

라고 하는지 안다. 저녁에 자기 집에 돌아가서는 무의식
한구석에서 조금이라도 생각이 나면 이렇게 말한다.

"지독해, 점점 더 많아지고 있어. 가슴이 찢어질 것
같아. 물론 난 주지. 하지만 두 번째부터는 그만둔다고.
알아, 제멋대로라는 것, 아주 나쁘다는 것. 하지만 계속
줄 수는 없는 거야. 우리가 내는 세금을 생각하면 그건
우리가 줘야 하는 게 아니라고. 태만한 건 국가야. 국가
가 제 역할을 제대로 못 하는 거라고. 좌익 정부 밑에 있
으니 그나마 낫지, 그렇지 않으면 더 심하겠지. 그래, 오
늘 저녁엔 뭘 먹을 거야? 국수?"

그까짓 놈들쯤은 우습지도 않다. 그래도 그놈들한테
는 예의를 지킨다. 사회주의자인 양 처신하는 저 부르주
아들은 아예 상대도 안 한다. 버터와 버터로 만든 돈을
동시에 원하는 자들, 샤틀레*의 정기 관람권을 손에 쥐면
서 가난한 사람들이 비참한 처지에서 구제되기를 바라는
자들, 마리아주† 차를 마시면서 지구상의 인간 평등을 원

---

* Théâtre du Châtelet. 1862년 파리에 세워진 고전 음악·오페라·발레 극장.

† Mariage Frères. 루이 14세 치하에 인도와 마다가스카르 등을 여행한 무
역업자 마리아주 형제의 후손들이 1854년 파리에 개업한 차 판매점에서
유래한 고급 차 상표.

하고 토스카나에서 여름 휴가를 보내면서 죄의식의 가시가 길바닥에서 없어지기를 바라는 자들, 가정부에게 세금 신고 없이 불법 수당을 주면서 이타주의적 장광설을 경청해 주기를 바라는 놈들. 국가, 국가! 문맹의 백성들은 왕을 경애하며 자기들을 괴롭히는 모든 악을 부패한 나쁜 장관들에게 돌린다. 대부(代父)는 그의 하수인들에게 말한다.

"이 사람은 안색이 나쁘군."

그리고 이처럼 암시만으로 내린 명령이 곧 집행이나 마찬가지라는 사실을 알려고도 하지 않는다. 부모에게서 학대받은 사람은 자격 없는 부모에게 계산을 요구하라고 말하는 사회 복지 공무원을 욕한다! 국가! 국가는 자신이 아닌 다른 누군가를 탓할 때 기댈 수 있는 얼마나 좋은 핑곗거리인가!

그다음 다른 부류가 있다. 몰상식한 놈, 진짜 더러운 놈, 걸음을 서두르지 않고 시선을 다른 데 던지지도 않고 동정 없는 차가운 눈으로 나를 쳐다보는 놈. 이봐, 안됐지만 싸울 줄 모르면 죽어, 폐물에게 관대함은 없어, 상자갑에서 겨우 먹고사는 천민은 가차없이 끝장나라지, 이기지 않으면 지는 거야, 그리고 내가 내 돈을 부끄러워

한다고 생각한다면 네가 틀린 거야.

십 년 동안 매일 아침 궁궐에서 나와 만족스러운 부자 걸음을 내 앞에서 보란 듯이 걸으며 그는 조용한 멸시의 눈으로 내 명상을 후원했다.

내가 그였다면 그와 똑같이 했을 거다. 모든 거지가 사회주의자이고 빈곤이 혁명가를 만든다고 믿어서는 안 된다. 그가 곧 죽을 모양인가 본데 그러므로 나는 그에게 말한다.

"죽어라, 이 친구야. 나에게 주지 않은 그 모든 돈에 깔려 죽어라. 너의 그 벼락부자 수프에 빠져 죽어라. 떵 떵거리던 네 인생에서 죽어 나가거라. 그렇지만 나는 그걸 기뻐하지는 않을 거다. 너와 나는 바탕이 같은 인간이니까."

빵

그르넬 거리, 방

우리는 헐떡거리면서 모래사장을 떠나야 했다. 어느
덧 시간은 맛깔스럽게 짧으면서 동시에 긴 것같이 느껴
졌다. 그곳 해안은 기다란 모래 활이 게으르게, 하지만 파
도를 삼키면서 펼쳐져 있어서 위험은 적고 즐거움은 큰,
가장 대담한 해수욕을 할 수 있는 곳이었다. 사촌들과 우
리는 아침부터 지치지도 않고 파도 속에 뛰어들거나 파
도 꼭대기를 탔다. 싫증이 날 때까지 숨 가쁘게 끊임없이
굴러떨어지다가 가족 모두가 파라솔 밑에 모이는 시간이
될 때까지 우리는 돌아가지 않았고, 튀김 하나 또는 포
도 한 송이를 게걸스레 삼킨 다음 다시 대양을 향해 전속
력으로 달려갔다. 그렇지만 가끔 나는 서걱거리는 뜨거
운 모래에 털썩 주저앉아 나른한 몸과 해변 특유의 소음
만을 의식하며 멍한 편안함 속에 꼼짝 않고 앉아 있곤 했
다. 아이들의 웃음과 갈매기 소리 사이, 아늑한 괄호 속,

행복으로 어리둥절한 이 유일한 순간 속에. 하지만 그보다 자주 나는 물을 따라 표류하면서 움직이는 물결 위로 나타났다 사라지곤 했다. 어린 날의 열광. 쾌락을 약속하는 모든 활동에 불어넣는 이 정열을 잊는 데에 얼마나 오랜 세월이 걸렸는가? 이제는 우리에게 불가능한 그것은 그 얼마나 완전한 몰입, 환희, 매력적인 감흥의 비약이었던가? 해수욕으로 보낸 이 나날들엔 커다란 환희와 엄청난 단순함이 있었다. 아, 그것들은 너무나 빨리 사라지고 즐거움을 느끼는 일은 점점 더 어려워지기만 한다…….

오후 1시쯤 우리는 자리를 정리했다. 라바트로 돌아가는 길, 차내 폭염 속에서 10여 킬로미터를 달리면서 나는 바다의 이마를 찬미했다. 싫증은 나지 않았다. 나중에 모로코에서 보낸 이 여름들을 상실한 젊은이는 생각에 잠겨 사블도르* 해변에서 시가지로 돌아가는 길의 세부를 구석구석 떠올려 보았고, 그 속에서 작은 행복감에 싸여 길들과 정원들을 다시 지나갔다. 여러 군데가 대서양으로 트인 아름다운 길이었다. 협죽도로 뒤덮인 빌라 안으로 정교하게 세공된 격자창의 거짓된 투명함을 통해

---

*   Sable d'Or. '금모래'라는 뜻.

가끔 햇빛을 받으며 누군가가 움직이는 것이 흘끗 보였다. 더 멀리에는 에메랄드빛 물결 위로 불쑥 경사져 나온 황토색 요새들이 있었고 나는 훨씬 나중에야 그것이 대단히 음산한 형무소라는 걸 알았다. 그다음은 바람과 소용돌이로부터 보호되어 둘러싸인 작은 테마라 해변이었다. 바다에 대해서라면 거친 요철과 동요만을 좋아하는 이들이 그렇듯이 나는 그것을 멸시의 시선으로 훑어보았다. 해수욕을 하기엔 너무 위험한 그다음 해변에는 갈색 다리를 파도에 내맡긴 무모한 어부들 몇몇이 흩뿌려져 있었고, 대양은 성난 소란 속에 그들을 삼키려는 것 같았다. 그리고 시가지 근처에는 바람에 펄럭대는 환한 천막과 양들로 꽉 찬 시장과 유쾌하게 시끄럽고 사람들로 붐비는 외곽 지역이 있었다. 가난하지만 요오드를 함유한 공기 덕에 건강한 곳. 나는 발목에 모래가 붙고 볼은 불같이 되어 집의 온기 속으로 녹아들었다. 그리고 노래하는 듯하면서 공격적인 아랍어 음조를 자장가 삼아 열린 창으로 들려오는 알아들을 수 없는, 비밀스러운 소리의 단편들에 몸을 맡긴 채 잠들었다. 모든 것 중에서 가장 부드럽고 달콤한 고난. 바닷가에서 여름을 보냈던 사람은 누구라도 안다. 돌아가야 한다는, 땅으로 돌아가기 위해 물을 떠나야 한다는, 다시 무겁고 땀나는 상태로 되돌아가는 불쾌감을 견뎌야 한다는 그 성가신 필수를. 그는 그것을 알며, 과거에는 그것을 저주했으나 현재에는 축복받은 순간으로 기억한다. 여름 휴가의 의례, 변함없는 감각들. 입술 한구석의 소금 맛, 쭈글쭈글한 손가락, 뜨겁고 건조한 피부, 아직도 목에 달라붙어 물기를 떨어뜨리는 머리카락, 짧은 호흡. 얼마나 좋았는가, 얼마나 쉬웠는가……. 집에 도착해서 우리는 샤워기 밑으로 달려갔고 피부는 부드러워지고 머리는 얌전해져서 말쑥해진 모습으로 다시 나왔다. 그리고 식사로 오후가 시작되었다.

우리는 자동차에 오르기 전 성벽 앞 작은 노점에서 신문지로 조심스레 싼 그것을 샀다. 그것이 눈앞에 있다는 것을 만끽하기엔 아직 너무 얼빠진 상태이지만 '정오'와 그 '이후'를 위해 그것이 거기 있다는 것에 안심하면서 나는 그것을 슬그머니 바라보았다. 이상한 노릇이다……. 이 최후의 날에 떠오르는 가장 원초적인 빵의 기억이 모로코 케스라*라는 것, 바게트보다는 과자에 가까

---

* kesra. 모로코의 대표적인 빵으로 지름 20센티미터, 두께 2센티미터쯤 되는 둥글고 납작한 빵.

운 질감을 가진 그 예쁜 납작한 덩어리라는 것은 확실하다. 어쨌든 씻고 옷을 입은 나는 해수욕 후 옛 시가지 산책을 시작하는 길목의 식탁에 앉아 어머니가 내미는 큰 빵 조각을 의기양양하게 한 입 물어뜯었고, 부서지기 쉽고 미지근한 금빛 빵 속에서 모래의 질감, 색깔, 우리를 환영하는 상냥함을 다시 발견했다. 빵, 해변. 결합된 두 따스함, 공모한 두 가지 매혹. 그것은 매번 우리의 지각에 침입하는 행복한 시골풍의 세계 전체다. 다른 모든 음식에 동반할 수 있는 동시에 그 자체만으로도 충분하다는 데에 빵의 고귀함이 있다는 것은 잘못된 주장이다. 만일 빵이 '그 자체만으로 충분'하다면 그것은 빵이 개별 종에 있어서가 아니라 그 본질에 있어서 다수적이기 때문이다. 빵은 풍부하고, 빵은 다수이며, 빵은 소우주이기 때문이다. 빵에는 기막힌 다양성이 융합되어 있어 빵을 먹는 내내 작은 모형 우주처럼 분선(分線)들을 볼 수 있다. 우리는 곧바로 빵 껍질의 성벽에 부딪힌 공격이 장애물을 넘어서자마자 신선한 흰 속살이 우리 침입에 순순히 동의하는 데에 경탄한다. 때로는 돌처럼 딱딱하고 때로는 공격에 금세 굴복하는 장식품일 뿐인 금 간 껍질과, 어리광 부리는 유순함으로 볼에 감겨 드는 속살의 부드러움 사이에는 엄청난 단절이 있다. 외피의 균열에는 그만큼 시골이 스며들어 있다. 밭 갈기라고나 할까. 우리는 저녁 기운 속 농부와 마을의 종탑을 생각하기 시작한다. 마을 종탑에서 막 7시를 알리는 종소리가 울린다. 농부는 외투 깃으로 이마를 닦는다. 일이 끝났다.

반대로 껍질과 속살의 교차는 내적인 시선 속에서 형태를 얻는 풍차다. 밀가루가 회전 숫돌 주위에 날리고 공중은 풀풀 날리는 기체성 가루에 휩쓸린다. 그리고 다시 한번 그림이 바뀐다. 이제 입천장이 굴레에서 풀린 벌집 모양 거품을 맞아들였고 씹는 일이 시작될 것이니까. 과연 빵이지만 마치 과자처럼 먹힌다. 그렇지만 과자와는 달리, 심지어 비에누아즈리*와도 달리 빵을 씹는 것은 점성이라는 놀라운 결과를 초래한다. 씹고 또 씹은 빵의 흰 덩이가 끈끈한 덩어리로 굳어서 공기가 스며들 공간이 없어야 한다. 빵은 끈끈하다, 완벽하게 끈끈하다. 한번도 자기 치아로, 혀로, 입천장으로, 볼로 빵의 정수를 오랫동안 반죽해 보지 않은 사람은 결코 점성이 주는 희열의 뜨거움으로 설레 보지 못한 것이다. 그때 우리가 씹

---

* viennoiserie. 버터를 넣지 않는 흰 빵과 달리 지방 함량이 높은 크루아상, 브리오슈, 퍼프 페이스트리 등의 총칭.

는 것은, 침과 효소가 모호한 우애로 섞이는 우리의 노련한 입속에서 그처럼 반죽하는 것은 더 이상 빵도 아니고 빵의 흰 속살도 과자도 아니며 우리 자신을 닮은 것, 우리 내부 조직의 맛을 닮은 것이다.

식탁에 둘러앉아 우리는 모두 성실하게 고요히 되새김질했다. 어쨌든 거기에는 분명 기이한 영성체 같은 데가 있었다. 제도화된 예배 의식과 호사로부터 멀리 떨어져서, 빵을 쪼개어 하늘에 은혜를 돌리는 종교적 행위를 넘어서서 우리는 성스러운 공동체로 결합되었고 그럼으로써 자신도 모르는 새에 가장 결정적인 최고의 진리에 도달할 수 있었다. 그리고 만약 이 신비로운 기도를 어렴풋이 의식한 누군가가 헛되게도 이를 휴가의 잔치 분위기 속에서 느긋하게 식욕을 함께 나누는 즐거움이라 말한다면, 그는 이 지고한 고양을 말하고 설명하는 단어와 방식을 잘못 선택했을 뿐임을 나는 알고 있었다. 지방, 시골, 삶의 감미로움, 생명체의 탄력성. 이곳의 빵에도 다른 곳의 빵에도, 빵에는 이 모든 것이 있다. 그 때문에 의심의 여지 없이 빵은 우리 안에서 자신을 찾아 표류하기 위한 특권적 도구가 되는 것이다.

식욕을 돋우는 이 첫 번째 접촉 후에 나는 잇따라 호

전적인 것들과 마주했다. 신선한 샐러드 — 의심의 여지 없이, 작고 일정한 주사위 모양으로 썰어 고수로만 양념한 당근과 감자는 아무렇게나 썰어 만든 샐러드를 맛에서 압도한다. — 와 넘치는 타진.* 나는 군침을 삼키며 입술을 핥았고 여한도 후회도 없이 천사처럼 진탕 먹었다. 그러나 이 부드러운 하얀 속살을 넣고 희희낙락하며 아래턱으로 피스톤 운동을 함으로써 이 잔치 같은 식사를 개회했다는 것을 내 입은 잊지 않고 기억했다. 그리고 나는 빵에 대한 감사를 증명하기 위해 곧바로 그것을 내 접시에 아직 그득한 소스 속에 빠뜨렸지만 더 이상 욕구가 없다는 것을 잘 알고 있었다. 빵에서 중요한 것은 다른 모든 것에서와 마찬가지로 첫 번째 한 입이다.

나는 우다이아 찻집의 화려한 꽃 장식을 기억한다. 그곳, 멀리 성벽 밑으로 흘러가던 강의 하류에서 우리는 짠 것과 바다에 관해 생각했다. 요란한 빛깔의 구시가의 골목길, 작은 안뜰 벽으로 폭포처럼 쏟아지던 재스민, 사

---

* tajine. 양고기 또는 닭고기 그리고 당근, 고구마, 가지, 말린 자두, 소금에 절인 레몬 등을 넣어 양파, 사프란, 계피, 고수, 파슬리, 생강, 꿀, 오렌지꽃술, 레몬, 깨 등으로 양념하고 올리브, 건포도, 아몬드 등을 고명으로 올린 북아프리카식 스튜.

치스러운 동양풍 향수와는 거리가 먼 가난한 자의 풍요, 태양 아래 삶, 바깥에서 살 때 공간은 다르게 지각되므로 다른 곳과 다른 삶…… 그리고 동글납작한 빵, 천둥처럼 아침을 깨우는 살의 결합. 나는 초조함을 느낀다. 내가 찾는 그것에는 이와 같은 무엇인가가, 그러나 완전히 이것은 아닌 무엇인가가 있다. 아, 빵……. 빵이 아니면 무엇이란 말인가? 빵 말고 무엇으로 인간이 땅 위에서 살아간단 말인가?

로트
델베 거리

언제나 나는 엄마한테 말했다. 나 거기 안 갈래, 할머
닌 좋지만 할아버진 싫어. 할아버진 날 겁줘. 크고 새까
만 눈을 하고선. 게다가 할아버진 우릴 보는 걸 싫어해,
전혀 안 좋아한단 말이야. 그런데 오늘은 이상하다. 왜냐
하면 처음으로 나는 정말로 거기 가고 싶고 할아버지를
보고 싶고 릭도 보고 싶은데 엄마는 안 된다고, 할아버지
가 아프고 우리가 방해가 될 거라고 한다. 할아버지가 아
프다? 그럴 리가 없다. 장 삼촌은 아프다. 정말로 많이 아
프지만 그래도 아무 일 없다. 나는 삼촌과 함께 있는 게
좋고 우리가 같이 자갈들한테 가는 여름이 정말 좋다. 삼
촌은 자갈을 하나 집어 들어 들여다보고선 이야기 하나
를 들려준다. 크고 둥근 건 너무 많이 먹은 아저씨고, 지
금 더 이상 걸을 수가 없어서 데굴데굴 굴러다닌다. 납작
하고 작은 건 사람들이 그 위로 빨리 걸어다녀서 크레이

프처럼 납작해진 거다. 장 삼촌은 이런 이야기들을 잔뜩 해 주었다.

할아버지는 한 번도, 한 번도 나한테 이야기를 해 주지 않았다. 할아버지는 이야기를 싫어하고, 애들도, 시끄러운 소리도 싫어한다. 나는 기억한다. 언젠가 그르넬 거리에서 릭하고 폴 아저씨 여동생의 딸인 아나이스와 착하게 놀고 있었다. 우리는 신나게 웃고 있었는데 할아버지가 우리한테 돌아서더니 무서운, 정말 무서운 눈으로 나를 쳐다보았다. 나는 울고 싶고 숨고 싶었고 더 이상 전혀 웃고 싶지가 않았다. 할아버지는 할머니 쪽을 안 보면서 할머니한테 말했다.

"입 좀 다물게 하잖고."

그러자 할머니는 슬픈 기색이 되어 아무 대꾸 없이 우리한테 와서는 말했다.

"애들아, 이리 오렴. 공원에 가서 놀자. 할아버진 피곤하셔."

우리가 공원에서 돌아왔을 때 할아버지는 이미 나갔고 우린 할아버지를 다시 보지 못했다. 우리는 할머니랑 엄마랑 폴 아저씨의 동생인 아델 아줌마랑 저녁을 먹었고 다시 재미있게 놀았지만 난 할머니가 슬퍼하는 걸 잘 알 수 있었다.

엄마한테 물으면 엄만 언제나 아니라고, 아무 문제 없고 어른들의 얘기니까 나는 그런 걸로 걱정할 필요 없다고, 그리고 엄만 날 너무너무 사랑한다고 대답한다. 그건 나도 안다. 하지만 다른 것들도 많이 안다. 할아버지가 할머니를 더 이상 사랑하지 않는다는 것도 알고 할머니가 할머니 자신을 더 이상 사랑하지 않는다는 것, 할머니가 엄마나 로라 이모보다 장 삼촌을 더 사랑한다는 것, 그렇지만 장 삼촌은 할아버지를 미워하고 할아버지는 장 삼촌한테 진절머리가 났다는 걸 안다. 할아버지가 아빠를 머저리라고 생각한다는 것도 안다. 아빠가 엄마를 원망하는 것도 나는 안다. 그건 엄마가 할아버지의 딸이기 때문이지만 또한 엄마가 날 원했고 아빠는 아이를 원하지 않거나 적어도 그때는 아직 원하지 않았기 때문이다. 나는 또 아빠가 나를 굉장히 사랑한다는 걸 안다. 그리고 아마도 아빠가 엄마를 원망한다는 것도 안다. 아빠가 나를 원하지 않았는데도 엄마가 나를 너무 사랑하니까. 그리고 엄마가 가끔 조금은 나를 원망한다는 것도 안다. 아빠가 나를 원하지 않았는데도 엄만 나를 원했으니까. 그래, 나는 다 안다. 아무도 좋아해야 할 사람을 좋아하지 않고 자기가 원망하는 게 실은 자기 자신이라는 걸 몰라서 모두가 불행하다는 걸 안다.

　사람들은 아이들이 아무것도 모른다고 생각한다. 어른들도 언젠가는 아이들이 아니었는지 스스로 물어보아야 하는 거다.

농가
그르넬 거리, 방

콜빌과 미국인 묘지 주변에 있다는 새로 개업한 전원 레스토랑을 찾기 위헤 두 시간 동안 헛수고를 한 끝에 나크르 해안의 말쑥한 농가까지 가 버린 적이 있다. 나는 언제나 노르망디의 이 근방을 좋아했다. 이 지방의 사과주나 사과, 크림, 칼바도스*에 태운† 닭 때문이 아니라 하구를 넓게 뒤덮은, 모래톱으로 이루어진 광대한 모래사장 때문이다. 거기서 나는 '하늘과 땅 사이'라는 표현이 어떤 의미인지를 실제로 이해했다. 광대한 공간과 고독으로 약간 얼떨떨해진 채 오마하 해변을 오래 산책하고 갈매기와 모래 위를 헤매는 개들을 관찰하면서 내게 아

---

* Calvados. 칼바도스와 그 부근에서 생산되는 노르망디 특산의 사과 증류주. 줄여서 칼바라고도 한다.
† flamber. 재료에 약간의 알코올(코냑, 아르마냐크, 칼바도스, 럼, 위스키 등)을 뿌려 불을 붙여 잠깐 동안 그슬리는 요리 기법.

무엇도 가르쳐 주지 않는 수평선을 잘 바라보기 위해 이마에 손을 차양처럼 얹곤 했다. 행복하고 넘치는 자신감이 느껴지며 이 고요한 탈출 덕분에 새로운 힘을 얻은 기분이었다.

그날 아침, 맑고 신선하고 아름다운 여름 아침에 나는 점점 기분이 나빠짐을 느끼며 그 전원 레스토랑을 찾느라 헤매고 있었다. 현실이 아닌 것 같은 깊숙한 길에 들어서 길을 잃은 채, 도중에 모순되는 표지들만 마주칠 뿐이었다. 결국 작은 도로로 들어섰다가 도로의 막다른 끝에 있는 농가 마당에 들어가고 말았다. 그 지방의 돌로 지어진 그 집은 당당한 등나무가 현관을 기어오르고 피를 빨아들인 듯한 붉은 제라늄이 창문을 뒤덮고 덧창문은 흰색으로 새로 칠해져 있었다. 집 앞 보리수 그늘에 식탁 하나가 놓여 있었고 다섯 명(남자 네 명과 여자 한 명)이 거기서 점심 식사를 마쳐 가는 중이었다. 그들은 내가 찾는 주소를 알지 못했다. 할 수 없이 요 근처에 식사할 만한 곳이 없느냐고 묻자 그들은 약간 경멸의 기색을 보이며 콧방귀를 뀌었다.

"집에서 먹는 게 낫죠."

은연중에 거북한 기색을 드러내며 남자들 중 하나가

말했다. 이곳의 주인인 듯한 이가 더 이상 격식을 부리지 않고 자동차 지붕에 손을 얹고서 나에게 몸을 기울이더니 그들의 일상식을 함께하지 않겠느냐고 제안했다. 나는 그러겠다고 했다.

더 이상 배가 고프지 않을 정도로 향기를 뿜는 보리수 밑에 앉아 칼바를 넣은 커피를 앞에 놓고 그들이 나누는 한담을 듣는 동안 양쪽 입가에 싹싹한 보조개가 팬 통통한 젊은 농사꾼 여인이 미소를 지으며 내 앞에 음식을 차려 주었다.

맑고 차갑고 짭짜래한, 레몬도 향신료도 넣지 않은 굴 네 개. 나는 입속을 감싸는 도도한, 얼음으로 축성된 굴을 천천히 삼켰다.

"어휴, 이것밖에 안 남았어요. 열두 타(打)*가 있었는데. 남자들이란 일하고 돌아오면 잘도 먹는다니까요."

그녀는 부드럽게 웃는다.

수식 없는 굴 네 개. 투박한 겸손함으로 완벽한, 양보

---

* 프랑스에서는 전통적으로 굴을 열두 개 단위(douzaine)로 센다. 열두 타는 1그로스에 해당.

없는 완전한 전주곡. 과일향이 풍부한* 차가운 드라이 백
포도주 한 잔.

"사셰†산(産)이에요. 투렌에 있는 사촌이 우리한텐
싸게 준답니다!"

첫 번째 한 모금. 옆의 사내들은 믿을 수 없을 만큼
수다스럽게 자동차 이야기를 하고 있었다. 가는 차, 못
가는 차, 부릉거리는 차, 안 가고 버티는 차, 마지못해 가
는 차, 침을 뚝뚝 흘리는 차, 헐떡거리는 차, 언덕길을 겨
우 올라가는 차, 커브 길에서 옆으로 미끄러지는 차, 덜
그럭거리고 연기 나고 딸꾹거리고 기침하고 발끈 멈춰
서고 딱 잘라 거절하는 차. 특히 말 안 듣는 심카 1100‡
에 대한 기억이 장광설을 독점하고 있었다. 한여름에도
꽁지가 차가웠던 진짜 저질품. 모두들 분개해서 머리를
절레절레 흔든다.

매끄럽게 물결치며 나른하게 접힌, 얇게 저민 훈제
햄 두 장. 가염 버터, 빵 한 조각. 넘칠 듯이 왕성한 부드

---

*　fruité. 생포도를 연상시키는 향이 있음을 말하는 포도주 감식 용어.
†　Saché. 앙드르에루아르 지방에 위치한 마을.
‡　Simca1100. 1967년에 나온 프랑스 자동차.

러움. 있을 법하지 않은, 그러나 맛있는. 결코 나를 떠나지 않을 두 번째 백포도주 잔. 자극적이고 매력적이고 선정적인 서언.

이 지방 사냥감에 대한 예의 바른 질문에 그들은 이렇게 답한다.

"네, 숲에 잔뜩 있죠. 게다가 그것 때문에 사고가 잦아요."

세르주가 말한다.(그 외에도 클로드와 이 집 주인인 크리스티앙이 있다. 하지만 마지막 한 사람은 이름을 모르겠다.)

몽롱해질 정도로 부드러운, 파랗고 굵은 아스파라거스 몇 줄기.

"이건 저걸 데울 동안 기다리면서 드시라고 드리는 거예요."

내가 이처럼 빈약한 주요리에 놀랐다고 생각했는지 젊은 여인이 서둘러 말한다.

"아닙니다, 아닙니다, 정말 훌륭합니다."

나는 그녀에게 말한다. 감미롭고 전원적이고 거의 목가적인 음색. 그녀는 얼굴을 붉히더니 미소 지으며 사라진다.

옆에서는 이야기가 점입가경으로 계속되어 숲 가운데에 난 도로를 느닷없이 가로지르는 사냥감이 화제에 올랐다. 제르맹이라는 사람이 주인공이다. 달 없는 어느 날 밤 모험심 많은 멧돼지 한 마리를 쳤는데 멧돼지가 죽었다고 생각하고는 어둠 속에서 그것을 트렁크에 넣고("생각해 봐, 그런 기회가 어디 있겠어!") 다시 출발했다. 그동안 서서히 정신을 차린 짐승은 트렁크를 뒷발로 차기("궤짝을 흔들어 대기……") 시작한다. 그다음 주둥이로 한 번 박아서 차를 찌부러뜨리고선 자연으로 증발해 버린다. 이야기를 나누던 이들은 애들처럼 낄낄거린다.

영계 '남은 것'.(군대 한 연대를 먹일 만큼 있다.) 엄청난 크림과 라드, 흑후추 약간, 누아르무티에에*산인 듯한 감자, 그리고 조금도 포함되지 않은 기름기.

이야기는 첫 번째 항로를 벗어나 지방 특산주의 굽이굽이 우여곡절로 들어섰다. 좋은 술, 덜 좋은 술, 솔직히 말해 도저히 마실 수 없는 술, 불법으로 담근 몇 방울의 술, 너무 발효된 사과주, 썩은 사과, 제대로 안 씻은 사

---

*   Noirmoutier. 프랑스 서해안에 위치한 섬. 이곳에서 나는 감자는 맛이 좋기로 유명하다.

과, 분쇄가 덜 된 사과, 잘못 수확된 사과로 빚은 사과주, 슈퍼마켓에서 파는 시럽에 가까운 칼바도스, 입안을 홀떡 벗겨 내면서도 입천장을 향기롭게 하는 진짜 칼바. 유명한 조제프 신부의 술 한 방울은 왁자지껄한 웃음을 불러일으킨다. 확실히 소독약이지만 소화제는 아니지!

"귀찮게 되었어요."

남편과 억양이 다른 젊은 여인이 내게 말한다.

"치즈가 떨어져서 오후에 장을 봐야 돼요."

나는 절제 잘하기로 이름난 충실한 짐승, 티에리 쿨라르의 개가 어느 날 술통 밑 작은 술 웅덩이를 핥다가 자제심을 잃었다는 이야기를 듣는다. 그 개는 갑자기 충격을 받은 건지 중독이 된 건지 빗자루처럼 뻗어 버렸지만 비범한 체격 덕에 죽음의 발톱에서 겨우 벗어날 수 있었다. 그들은 허리를 잡고 웃는다. 나는 숨을 못 쉴 지경이다.

사과 타르트. 얇고 바삭거리는 타르트 판과 노르스름하게 구워진, 수정 같은 설탕 캐러멜이 살짝 얹힌 도도한 과일. 나는 병을 비운다. 오후 5시, 그녀는 칼바와 함께 커피를 내온다. 사내들은 일어서서 내 등을 두드리며 일하러 간다고, 오늘 저녁까지 있을 거면 다시 볼 수 있으면 기쁘겠다고 말한다. 나는 그들을 형제처럼 포옹하고 언젠가 좋은 술을 들고 다시 오겠노라고 약속한다.

콜빌 농가의 몇백 년 묵은 나무 앞에서, 나중에 이야기하기 즐거우라고 궤짝을 흔들어 대는 돼지 일화를 들으며 나는 일생에서 가장 훌륭한 식사 중 하나를 경험했다. 음식은 단순하고 맛있었지만, 굴과 햄과 아스파라거스와 영계를 부차적인 것으로 제쳐 놓아도 좋을 만큼 내가 삼킨 것은 그들의 노골적인 말들이었다. 흐트러진 통사론 때문에 거칠지만 젊은 진솔함 때문에 따뜻한 이야기. 나는 말들을 배부르게 먹었다. 촌구석 형제들의 모임에서 솟는 말, 때때로 살을 가진 것들보다 큰 희열을 주는 말을. 말. 외톨이인 실재를 거두어 모아 순식간에 선집으로 변형시키는 보석 상자, 기억의 도서관에 분류된 실재를 기념물이 될 권리로 장식하여 모습을 변화시키는 마법사. 모든 삶은 말과 사실이 서로 침투할 때에만, 그리고 거기서 말이 사실에 옷을 입혀 내보일 때에만 비로소 삶으로서 존재한다. 우연히 만난 친구들은 그 식사를 새로운 기품으로 둘러쌈으로써 바라지도 않았던 푸짐한 식사의 진수를 선사했고, 내가 그처럼 즐겁게 맛본 것은 고기가 아니라 말이었다.

귀를 멍멍하게 하는 소음 때문에 꿈으로부터 끌려 나온다. 그 소리는 내 귀를 속이지 못한다. 반쯤 감긴 눈 꺼풀 사이로 안나가 살며시 복도로 미끄러지듯 들어서 는 것을 본다. 발걸음의 습관적인 단절로 방해받지 않고 이동하는 아내의 능력을 보면서 언제나 그 귀족적인 유 연함이 나만을 위해 창조된 것이 아닐까 생각하곤 했다. 안나…… 그 희미한 오후를 다시 발견함으로써 내가 얼 마나 큰 행복에 잠겼는지를 당신이 알았다면! 증류주와 숲 사이에서 머리를 거꾸로 박고 영원한 말들을 마신 오 후! 어쩌면 내 소명의 동인(動因)은 거기에, 말하는 것과 먹는 것 사이에 있는지도 모른다. 그리고 그 맛은 언제나 내게서 어지럽게 달아난다. 나는 시골 생활에 대한 생각 으로 이끌린다. 커다란 집 한 채, 벌판을 가로지르는 산 책, 내 다리 사이에는 천진난만한 신난 개…….

비너스

그르넬 거리, 서재

나는 원시 시대의 비너스, 작은 수태의 여신이다. 벌거벗은 설화 석고의 몸, 넓적하고 풍만한 엉덩이, 도드라진 배, 조금 익살스러운 수줍음으로 서로 꼭 붙어 있는 포동포동한 양 허벅지까지 늘어진 가슴. 영양이라기보다는 여자. 나의 모든 것은 관조가 아니라 관능을 촉발한다. 그런데도 그는 나를 끊임없이 바라본다. 종이에서 눈을 들어 명상하면서, 나를 보지 않으면서도 오래도록 내게 어두운 시선을 던지면서. 반대로 가끔은 생각에 잠겨 나를 탐색하고 부동의 조각상인 내 영혼을 꿰뚫으려 한다. 그가 내 영혼에 거의 접촉하여 간파하고 교감할 듯하다가 갑자기 그만두는 것을 확실히 느낀다. 거울 뒤에서 누군가가 자신을 관찰하고 있다는 의심도 하지 않고 뒤를 칠하지 않은 거울로 스스로를 비춰 보는 사람의 공연을 관람하는 일에 울화가 치민다. 언젠가는 나를 손가락으로 스치더니 활짝 핀 여성의 굴곡들을 만지고는 특징 없는 내 얼굴을 손바닥으로 어루만진다. 내 상앗빛 표면 위에 길들지 않은 성격 장애의 기운이 흐르는 것을 느낀다. 그가 책상에 앉아 있을 때, 커다란 구리 램프의 끈을 잡아당겨 더운 빛살이 내 어깨 위로 범람할 때 나는 그 어디도 아닌 곳으로부터 나타나고 조물주와 같은 이 빛 속에 새로이 태어난다. 그의 삶을 가로지르는 살과 피의 존재들 또한 이러한 방식으로 존재한다. 그가 등을 돌리면 그것들은 그의 기억에서 사라지고, 다시 그의 지각의 장으로 들어올 때에는 그가 이해하지 못하는 현존으로 존재한다. 그것들 역시 그는 보지 않으면서 응시하고, 실은 덧없는 것들을 휘젓고 무(無)만을 껴안으면서도 자기 앞을 더듬으며 무엇인가를 잡았다고 상상하는 소경처럼 허공 속에서 그것들을 붙잡는다. 그의 예리하고 영리한 눈은 판단을 구속하고 실은 그가 그토록 재치 있게 밝힐 수도 있을 것을 불투명하게 만드는 보이지 않는 베일 때문에 자신이 보는 것과 분리되어 있다. 그리고 이 베일이 바로 광란하는 독재자인 그의 경직성이다. 자기 앞의 타인이 단지 그의 시각으로부터 한가하게 제쳐 놓을 수 있는 사물이 아닌 다른 무엇으로 드러날까 봐 끊임없이 불안해하는, 동시에 그 타인이 그의 자유를 승인하는 자유가 아닐까 봐 끊임없이 불안해하는…….

나를 결코 발견하지 못하면서 찾을 때, 마침내 체념하여 눈을 내리깔거나 내가 존재한다는 확신을 없애기 위해 램프 끈을 움켜쥘 때 그는 피한다. 회피한다. 참을 수 없는 것을 회피한다. 타인에 대한 욕망, 타인에 대한 두려움을.

잠들거라, 늙은 인간이여. 이 삶에는 너를 위한 평화도 너를 위한 자리도 없다.

개
그르넬 거리, 방

동업 기간 초기에 나는 그가 뒤꽁무니를 낮추고 앉을 때 드러나는 더할 나위 없는 우아함에 매혹될 수밖에 없었다. 뒷다리 사이에 확고하게 고정된 궁둥이, 메트로놈같이 일정한 간격으로 바닥을 쓰는 꼬리, 솜털이 보슬보슬한 가슴팍 밑으로 접힌 매끈하고 작은 분홍색 배. 그렇게 그는 기운차게 앉아서 말간 검은 눈, 여러 번 단순한 식욕 이상의 것을 보는 듯했던 눈을 들어 나를 올려다보곤 했다.

내겐 개 한 마리가 있었다. 또는 차라리 다리 달린 코라고 해야 할 동물이. 인간성이 투사되는 작은 모음터. 변함없는 친구. 감정에 따라 왔다 갔다 하는 꼬리. 하루 중 많은 시간 지나치게 흥분한 캥거루. 다시 말해서 개 한 마리. 그가 처음 집에 왔을 때엔 그 토실토실한 굴곡들이 바보같이 측은한 감동을 불러일으켰을 수도 있다. 그러나 몇 주 후 이 통통한 공은 잘생긴 주둥이에 맑고 반짝이는 눈, 대담한 코와 힘센 가슴팍, 근육질 다리의 날씬하고 작은 개가 되었다. 개는 달마티안이었고 나는 「바람과 함께 사라지다」에 대한 경의의 표시로 그를 레트라고 불렀다. 내가 숭배하는 영화였고 내가 여자였다면 스칼렛, 죽어 가는 세계에서 살아남은 여자였을 것이므로. 검은 반점이 신중하게 수놓인 그의 순결한 드레스는 놀랄 만큼 윤기가 흘렀다. 사실 달마티안은 보기에나 감촉으로나 매우 윤기 있는 개다. 그러나 기름기가 흐르지는 않는다. 그의 용모가 즉각 불러일으키는 호감에는 아첨하는 구석도 없고 응석 부리는 구석도 없으며 단지 성질상 언제나 정다운 솔직함이 있을 뿐이다. 게다가 그가 주둥이를 비스듬히 기울여 귀는 앞으로 처지고 축 늘어진 입술을 따라 질펀한 방울을 떨어뜨릴 때면 나는 우리가 짐승에게 기울이는 애정이 스스로에 대한 표상을 얼마나 많이 반영하는지 이해하게 된 것을 유감으로 생각하지 않았다. 그런 순간 그 애정은 불가항력적이었다. 한편 얼마간 함께 산 인간과 동물이 서로 나쁜 버릇을 빌려 준다는 건 분명하다. 요컨대 레트는 전혀 훈련이 안 되었다고 할 수는 없지만 상당히 잘못 교육을 받은 탓에 사실 하나도 놀라울 것 없는 병에 걸려 있었다. 그 병을 폭식으로 규정한다면 그에게 분명 강박적 기아증이었던 실제에 훨씬 못 미치는 규정일 것이다. 상추 한 장이 땅에 떨어졌다고 치자. 그는 거기 엄청나게 놀라운 동작으로 내리꽂히듯이 달려든 다음 앞발을 미끄러뜨려 멈춰 서서는 빼앗길세라 허둥지둥 씹지도 않고 게걸스럽게 삼키곤 했다. 확신하건대 그렇게 낚은 것이 무엇인지는 삼킨 다음에야 알았을 것이다. 그의 좌우명은 분명 우선 먹고 나서 본다였다. 나는 가끔 먹는 행위보다 먹고자 하는 욕망에 더 많은 값을 매기는, 세상에 단 하나밖에 없는 개를 가졌다고 혼잣말을 하게 되었다. 먹이를 얻기를 바랄 수 있는 곳에 가 있는 것이 하루 일과의 대부분이었을 정도니까. 하지만 그의 재간은 먹이를 손에 넣기 위해 기만 술책을 쓰는 정도는 아니었다. 그래도 그는, 잊어버린 소시지 한 개를 그릴에서 훔쳐 낼 수 있는 장소, 또는 서둘러 끝낸 아페리티프*의 잔해로 남은 부서진 감자칩이 주인들의 주의를 끌지 않을 장소로 정확히 전략적으로 이동하는 기술이 있었다. 더

---

* apéritif. 식전에 먹는 술과 간단한 안주.

나쁜 것은 먹는 것에 대한 이 억제할 수 없는 정열이 파리의 조부모님 댁에서 보낸 어느 크리스마스에 매우 (그리고 약간 극적으로) 저명해졌다는 사실이다. 그곳의 식사는 태곳적부터 내려온 관습대로 당연히 할머니가 정성스레 만든 뷔슈*로 끝나게 되어 있었다. 단순한 케이크에 버터 크림, 커피 크림 또는 초콜릿 크림을 잔뜩 발라 둥글게 만, 단순할지는 몰라도 성공한 작품의 화려함이 가득한 케이크였다. 레트는 아주 좋은 컨디션으로 아파트를 쏘다니며 하찮은 짓을 하면서 놀다가, 몇몇에게서는 쓰다듬을 받고 다른 이들에게서는 아버지 등 뒤로 양탄자 위에 무심히 놓인 단것을 몰래 얻어먹으면서, 이처럼 식사를 시작할 때부터 관대한 핥을 거리를 찾아 규칙적으로 원을(복도, 거실, 방, 그리고 다시 복도 등등) 그리고 있었다. 그가 없다는 것을 처음 알아차린 사람은 마리 고모였다. 실제로 소파 위로 비죽이 규칙적으로 왔다 갔다 하던 흰 털이 한참 동안 보이지 않았다는 사실을 다른 사람들과 나도 깨달았다. 그것으로 우리는 개가 지나다닌다는 것을 알았던 것이다. 우리, 즉 아버지, 어

---

*   bûche de noël. 프랑스에서 전통적으로 크리스마스이브에 먹는 장작 모양의 케이크.

머니, 나는 무슨 일이 획책되고 있는지를 순식간에 알아챘고 단번에 용수철 튀듯이 튕겨 올라 방으로 몰려갔다. 할머니의 익살과 요리에 대한 사랑을 고려할 때 그녀는 신중을 기하기 위해 그 소중한 디저트를 거기 보관해 두었던 것이다.

방은 열려 있었다. 분명히 누군가가(우리는 범인을 끝내 알아내지 못했다.) 이미 질책을 받고서도 문 닫는 것을 잊어버렸고 개는 아주 당연하게 뷔슈가 자기 것이라고 생각해 버린 것이다. 어쨌든 그에게 아무 도움도 없이 자기 본성에 저항하라고 요구할 수는 없는 일이다. 어머니는 절망의 외마디 소리를 질렀다. 확실히, 비탄에 잠긴 흰꼬리수리도 그처럼 찢어지는 소리를 내지는 못했을 것이다. 여느 때처럼 다리 사이로 줄행랑을 쳐서 더 관대한 고장으로 내빼기에는 도둑질의 결과로 일어날 일들이 너무 엄청났기 때문에 레트는 그의 기다림을 만족시켜 준 빈 접시 옆에서 무덤덤한 눈으로 우리를 쳐다보고 있었다. 그런데 비었다는 것은 정확한 말이 아니다. 분명 너무 일찍 방해받지 않기 위해 그는 조직적인 방법으로 뷔슈를 오른쪽에서 착수하여 왼쪽으로 진행했고 그다음에는 왼쪽에서 오른쪽으로 그리고 전체를 마찬가지 방법으로 우리가 도착할 때까지, 그리고 녹녹한 버터 쉭세*에서 엿가락처럼 길게 늘어진 한 가닥만 남을 때까지 계속했던 것이다. 그걸 우리들의 접시 위에 올려놓을 수 있기를 바라는 것은 헛일이었다. 피륙이 되어야 했을 천을 방적기에서 올올이 길게 풀어 내는 페넬로페†와도 같이 레트는 치밀한 베틀 북처럼 능숙한 입술을 놀려 댔던 것이다. 미식가다운 배의 쾌락을 짜 내면서.

할머니의 폭소 덕에 은하계의 대재앙 같은 이 말썽은 감칠맛 나는 일화로 바뀌었다. 다른 이들이 나쁜 점만을 보는 것에서 소금을 가려 낼 줄 아는 것 또한 이 여인의 재능이었다. 할머니는 개가 불후의 소화 불량으로 벌을 받을 것이라 장담했다. 십오인분의 케이크를 폭식했으니 곧 소화 불량에 걸릴 게 틀림없다는 것이다. 그 예상은 빗나갔다. 몇 시간 동안 위 부근에 눈에 띌 정도로 수상한 융기가 보이긴 했지만 레트는 그의 크리스마스 식사를 아주 잘 결재했다. 그는 가끔 기쁨으로 끼룩거리

---

* succès. 크림을 입힌 케이크.

† Penelope. 「오디세이아」에서 오디세우스의 아내 페넬로페는 트로이 전쟁 이후 남편이 집을 비운 사이 구혼자들을 물리치기 위해 시아버지의 수의를 짤 때까지 기다려야 한다고 둘러댄 뒤 삼 년 동안 매일 낮에 짠 천을 밤에 풀어 버린다.

면서 늘어지게 한잠 잠으로써 그 식사를 인가했다. 그리고 그다음 날 점잖게 말하자면 그 짓궂은 장난을 달가워하지 않았던 아버지가 결정한 빈약한 보복으로 비어 있는 밥그릇을 쳐다보면서도 별로 분개하지 않았다.

이 이야기에 교훈이 있어야 할까? 예고된 기쁨을 앗아간 레트를 나는 잠시 원망했다. 그러나 나는 또한 공룡 같은 할머니의 그악스러운 노고에 개가 끼친 이 평화로운 모욕에 대해 한바탕 웃었다. 그리고 특히, 한 가지 생각이 떠올랐고 그것은 내게 몹시 유쾌해 보였다. 좋게 말하자면 경멸하고 나쁘게 말하자면 증오하는 내 친척들이 그날을 위해 그렇게도 많이 둘러앉아 있었는데 그들의 가련한 맛봉오리로 가게 되어 있던 케이크를 식도락에 조예가 깊은 내 개가 즐거이 먹어 치웠다는 것은 결국 기뻐할 일로 보였다. 그렇다고 해서 내가 모르는 사람들보다 개를 더 좋아하는 사람들에 속하는 건 아니다. 개는 움직이고 짖고 꼬리를 흔드는, 우리 일상의 장(場)을 어슬렁거리는 사물일 뿐이다. 그러나 사실 혐오받아 마땅한 사람에 대한 혐오감을 입밖에 낼 때에는 이 재미난 털북숭이 짐승을 통해 말하는 것이 더 낫다. 대수롭지 않은 짐승, 그러나 자기 자신과 별개로 악의 없이 전하는 조롱의 힘이 엄청난 짐승.

어릿광대, 선물, 복제. 그는 동시에 이 세가지 다였다. 생글거리는 윤곽의 부드러운 세련됨 속에서 웃음을 주는 어릿광대였고, 강아지로서의 영혼에 더해진 허식 없는 상냥함을 발산함으로써 스스로를 선사하는 선물이었으며, 나 자신의 복제이면서도 정말로 나 자신인 건 아니었다. 나는 그에게서 개를 보지 않았지만 인간으로 만들지도 않았다. 그는 레트였고 모든 것에 앞서, 개, 천사, 짐승 또는 악마이기에 앞서 레트였다. 그러나 내 최후가 오기 전 몇 시간 동안 그를 떠올리는 것은 내가 앞서 자연스러운 향기들을 떠올리면서 그를 잊어버리는 우를 범했기 때문이다. 레트는 실은 그 자체로서 후각적 즐거움이었다. 그렇다, 나의 개, 나의 달마티안은 천둥 냄새까지도 맡아 냈다. 믿거나 말거나. 그의 목덜미와 튼튼한 머리 꼭대기에서는 버터와 미라벨* 잼이 있는 아침에 부엌을 향기롭게 하는 살짝 구운 브리오슈† 냄새가 났다.

---

*   mirabelle. 작고 노란 자두의 일종.

†   brioche. 밀가루에 버터, 우유, 설탕, 달걀을 넣고 이스트를 넣어 부풀려서 구워 내는 둥근 빵. 버터가 밀가루의 삼 분의 일쯤 들어가기 때문에 매우 고소하며, 부드러운 결이 있다.

이처럼 레트는 당장 이빨을 박고 싶어지는 뜨뜻한 브리오슈, 따뜻한 효모의 좋은 향기를 풍겼다. 그리고 상상해 보라. 하루 종일 개는 집 안과 정원 구석구석을 활개 치고 돌아다녔다. 최고로 분주한 종종걸음으로 응접실에서 서재로 가거나 뻔뻔스러운 세 마리 갈까마귀를 쫓으러 초원 반대쪽 끝으로 질주해 십자군 원정을 나가거나 단것을 기다리면서 부엌에서 제자리걸음을 하거나 간에 그는 언제나 브리오슈를 연상시키는 냄새를 주변에 퍼뜨리고 다녔고 그렇게 일요일 아침의 브리오슈에 영원하고 생생한 찬가를 바쳤다. 휴식의 그날이 시작되면 우리는 둔하지만 행복하게 편안한 오래된 스웨터를 걸치고 식탁 위에 놓인 갈색 덩어리를 곁눈으로 감시하면서 커피를 준비하러 내려간다. 잠이 덜 깬 기분 좋은 상태에서 아직 노동의 법칙에 복종하지 않아도 되는 조용한 순간을 즐기면서 스스로를 동정하며 눈을 비빈다. 그리고 손으로 만질 수 있을 듯한 뜨거운 커피 향이 올라오면 김 나는 커피 그릇 앞에 마침내 앉아 브리오슈를 정답게 꾹 누르고 부드럽게 찢어서 식탁 한가운데 놓인 설탕 접시를 쓱 쓸며 반쯤 감긴 눈으로 우리는 말하지 않고서도 행복의 달콤쌉싸래한 음색을 알아본다. 레트의 향기로운 존재는 이 모든 것을 떠올리게 한다. 그리고 그가 걸어 다니는 빵집이라는 사실은 그에 대한 내 애정에서 결코 적지 않은 이유를 차지했다.

오랫동안 전혀 생각하지 않은 사건들을 통해 레트를 떠올리면서 나는 내게서 떠났던 냄새 하나를 되찾았다. 내 개의 머리에 머무르던 뜨뜻하고 향기로운 비에누아즈리의 냄새. 냄새와, 그리고 또 다른 기억들. 미국에서의 아침, 버터와 빵을 함께 구운 결합에 깜짝 놀라면서 게걸스레 먹었던 버터 토스트의 기억.

안나
그르넬 거리, 복도

나는 어떻게 될 것인가, 신이여, 나는 어떻게 될 것인가? 더 이상 힘이 없다. 숨을 쉴 수조차 없다. 나는 텅 비었고 창백하다. 아마도 폴을 제외하고는 그들이 나를 이해하지 못한다는 것을 잘 안다. 나는 그들이 무엇을 생각하는지 안다. 장, 로라, 클레망스, 너희는 어디에 있는 거니? 우리 다섯 모두가 행복할 수도 있었을 텐데 이 고요, 거리감, 모든 오해는 무엇 때문일까? 너희는 까다롭고 권위적인 늙은 남자 외에는 보지 못한다. 너희는 한 번도 너희들과 나의 삶을 불가능하게 한 폭군과 압제자 외의 것을 보지 못했다. 너희는 내가 버림받은 아내라고 생각하고 나의 고뇌를 위로하는 기사가 되고자 했고 결국 나는 너희의 잘못된 생각을 깨우쳐 주지 못했다. 나의 일상은 다정한, 위안을 주는 너희의 어린 웃음으로 둘러싸였고, 나는 너희를 위해 정열과 양식을 죽였다. 너희를 위해 진정한 나를 죽였다.

나는 언제나 우리가 어떤 삶을 함께 살아갈지 알고
있었다. 첫날부터, 내게서 먼 그의 호사를 보았다. 다른
여자들, 놀라운 재능을 가진 엄청난 유혹자의 경력을. 왕
자, 자기 성벽 밖에서 끊임없이 사냥을 하는 제후, 그리
고 해마다 조금씩 더 멀어져서 더 이상 나를 보지도 않고
내가 보지 못하는 저편의 광경을 포착하기 위해 유령이
출몰하는 내 영혼을 매의 눈으로 꿰뚫는 남자. 나는 항상
그것을 알았지만 그것은 중요하지 않았다. 단 한 가지 중
요한 것은 그가 돌아오는 것이었다. 그는 언제나 돌아왔
고 나는 그것으로 만족했다. 건성으로 막연히, 그러나 반
드시 돌아오는 남자를 맞아들이는 한 명의 여자인 것으
로 만족했다. 너희가 알았다면 이해했을 것이다……. 내
가 어떤 밤들을 보냈는지, 그의 품 안에서 보낸 밤들이
어땠는지를 너희가 알았다면 말이다. 흥분으로 떨며 죽
을 듯한 욕망으로 왕과 같은 그의 무게, 신과 같은 그의
힘에 짓눌려 자기 차례가 돌아온 저녁, 마음을 가다듬고
그가 주는 시선의 진주알들을 받아들이며 사랑에 빠진
하렘의 여인처럼 행복했던, 그토록 행복했던 밤들. 그녀
는 그만을 위해, 그의 포옹과 그의 빛만을 위해 살았으므

로. 어쩌면 그는 그녀를 미적지근하고 수줍고 어린아이 같다고 느꼈을지도 모른다. 밖에는 애인, 암호랑이, 관능적인 암고양이, 음탕한 암표범이 있어 그는 쾌락으로 달아오르고 방탕하게 헐떡거리며 관능적인 체조를 한다. 그리고 그것이 끝나면 세계를 재창조한 듯 느끼고 자만과 자신의 남성성에 대한 신념으로 부풀어 오른다. 그러나 그녀는 더욱 깊은 희열, 벙어리의 희열을 누린다. 그녀는 자신을 내준다. 자신의 전체를 내주며 종교적으로 받아들인다. 그러고는 교회와 같은 정적 속에서 은밀히 절정을 기다린다. 그녀에게는 단지 그가 있는 것, 그의 입맞춤만이 필요하기 때문이다. 그녀는 행복하다.

아이들……. 그녀는 물론 그들을 사랑한다. 어머니 노릇과 교육의 기쁨도 맛보았다. 그리고 또한 아버지가 사랑하지 않는 아이들을 길러야 한다는 것의 끔찍함을, 아이들이 점점 아버지에 대한 증오와 멸시와 포기를 배우는 것을 보는 고문을 겪었다. 그러나 특히 그녀는 아이들을 그보다 덜 사랑하기 때문에, 그로부터 아이들을 보호하지 못했기 때문에, 보호하려고 하지 않았기 때문에 가책을 느낀다. 깨어 있는 모든 힘을 다해 그를 기다렸기에 나머지를 위한, 아이들을 위한 자리는 없었으므로. 내가 떠났더라면, 나 역시 그를 미워할 수 있었더라면 나는 아이들을 구원했을 것이고 그들은 감옥에서 풀려났을 것이다. 내가 그들을 던져 넣은 감옥, 내 복종의 감옥, 학대자를 향한 내 미친 욕망의 감옥. 나는 자신들을 고문하는 자를 사랑하도록 아이들을 교육했다. 그리고 오늘 나는 피눈물을 흘린다. 그가 죽기 때문에, 그가 떠나기 때문에……

우리의 빛나던 과거를 기억한다. 나는 당신 품에 안겨 있었고 검은 비단 드레스를 입고 부드러운 저녁 기운 속에서 미소 지었다. 나는 당신의 부인이었고 모두가 우리를 돌아보았다. 우리 발자국이 찍힌 곳 어디에나 경탄 어린 웅성임과 소곤거림이 가벼운 미풍처럼 계속해서 따라다녔다. 가지 마요, 가지 마요, 당신을 사랑해요……

토스트

그르넬 거리, 방

내가 이미 유명해진 후 언제인가 있었던 세미나의
체류 기간이었다. 샌프란시스코 프랑스인 단체의 초대를
받아 태평양 연안에 가까운 도시의 남서쪽 지역에 살던
프랑스인 기자의 집에 묵기로 했었다. 첫날 아침이었다.
굉장히 배가 고팠는데 집주인들은 일생일대의 '아침 식
사'를 맛보게 할 만한 곳으로 데려가려고 내 취향에 대해
너무 오랫동안 논쟁을 벌이고 있었다. 나는 열린 창문으
로 작은 건물을 발견했다. 건물은 날림으로 지은 후 개조
된 듯했고 '존의 오션 비치 카페'라고 쓰인 현수막이 붙
어 있었다. 나는 그 집으로 만족하기로 했다.

벌써 문이 마음을 끌었다. 금빛 끈으로 문틀에 매달
아 놓은 '오픈'이라 쓰인 판과 번쩍거리는 구리 벨이 매
우 잘 어울려 카페에 막 도착한 사람에게 뭐라 말할 수
없는 작은 환대의 분위기를 풍겼고 그것은 기분 좋게 인

상적이었다. 그러나 홀에 들어서자 나는 감격했다. 내가 꿈꾸던 미국이 바로 그랬다. 예상했던 바와는 정반대로 실제로 미국에 가면 미국에 대한 모든 고정 관념을 포기해야 하리라 생각했던 나의 확신을 일축하는 곳이었다. 나무 식탁과 붉은 스카이 가죽으로 덮인 긴 의자가 놓인 커다란 직사각형 홀. 벽에는 배우들의 사진과 「바람과 함께 사라지다」의 한 장면, 뉴올리언스로 가는 배 위의 스칼렛과 레트 사진, 버터와 단풍나무 시럽 병과 케첩 병들이 빽빽이 들어 찬, 왁스 칠이 잘 된 나무로 만든 거대한 계산대. 슬라브 억양이 강한 금발 여급사가 한 손에 커피포트를 들고 우리에게 왔다. 바 뒤에는 이탈리아 마피아 같은 분위기에 두꺼운 아랫입술은 깔보듯 툭 튀어나오고 눈초리는 환멸을 맛본 듯한 요리장 존이 햄버거를 굽느라 분주하게 움직이고 있었다. 안과 밖이 어긋나고 있었다. 고색창연함, 구식 가구, 기막힌 튀김 냄새가 이곳에 있는 전부였다. 아, 존! 나는 차림표를 낱낱이 들여다본 다음 '소시지와 존의 특별 감자 요리를 곁들인 스크램블 에그'를 골랐다. 그리고 마실 수 있을까 의심스러운 김 나는 커피 한 잔과 접시라기보다는 차라리 쟁반이라고 해야 할 것이 나오는 걸 보았다. 달걀 범벅과 마늘에 볶은 감자가 넘쳐 나고, 기름이 흐르고 향기 나는 작은 소시지 세 개가 장식되어 있었다. 한편 그 예쁜 러시아 아가씨는 옆에 버터 토스트가 담기고 블루베리잼 종지를 곁들인 좀 더 작은 접시를 내려놓았다. 사람들은 미국인들이 많이, 나쁘게 먹어 뚱뚱하다고 말한다. 그것은 사실이지만 이 주제를 얘기할 때 그들의 거인족 같은 아침 식사를 비난해서는 안 된다. 정반대로 나는 하루를 맞닥뜨리기 위해 인간에게 필요한 것이 바로 그것이며, 소금 친 음식과 돼지고기 가공품을 회피하는 우리 프랑스인들의 한심한 아침 식사, 속물 근성에 찌든 무기력에서 나온 이 습관은 몸의 요구를 침해하는 것이라고 생각하는 편이다.

곁들인 접시를 마지막 포크질까지 다 비운 후 음식에 물린 상태에서 빵 조각을 씹었을 때 나는 형언할 수 없는 편안함에 사로잡혔다. 도대체 왜 프랑스에서는 빵을 구운 다음에만 버터 바르기를 고집하는 것일까? 이 두 실체가 불의 추파를 함께 당하는 것은 불에 델 때 함께하는 친밀성 때문에 이들이 더할 나위 없는 짝패가 될 수 있기 때문이다. 이렇게 하여 크림의 질감을 잃은 버터는 냄비 속에서 중탕으로 혼자 녹을 때와는 달리 액체가 아닌 상태가 된다. 토스트는 약간 궁상맞았던 건조성을 알맞게 잃어버리고 촉촉하고 뜨거운, 스폰지도 빵도 아닌 둘 사이 중간쯤의 재질이 되어 새로이 얻은 감미로움으로 미각 유두를 흥겹게 한다.

이렇게 가까이 있음을 느끼다니 가혹하다. 빵, 브리오슈……. 마침내 나의 진실로 인도하는 올바른 길에 들어선 듯하다. 아니면 또 한번의 미망, 나를 길 잃게 하고 고작해야 실망시키고 빈정거리며 패배를 비웃기나 할 거짓 흔적일까? 나는 다른 길을 시험해 본다. 대담하게.

릭
그르넬 거리, 방

자, 나는 약간 피곤한 추기경처럼 저어어어엄잖게 앉아 있다. 하하, 얼마나 고양이다운 품격인가!

내 이름은 릭이다. 주인은 집안 동물들에게 영화에 나오는 이름을 붙이는 일이 많지만 총애받는 것은 나라는 것을 즉각 밝히는 바다. 자, 그렇다. 이곳을 차례차례 지나간 고양이들이 있었다. 몇몇은 불행하게도 별로 튼튼하지 못해 금세 사라져 버렸고 다른 몇몇은 비극적인 사고의 희생물이 되었고(스칼렛이라는 아주 괜찮은 작고 흰 암고양이의 무게에 빗물받이 홈통이 부서져 수리해야 했던 해처럼) 다른 몇몇은 확실히 더 오래 살았지만 지금은 나 혼자만 남았다. 나, 십구 년간 이 집의 동양 양탄자를 빈둥빈둥 돌아다닌 수고양이, 나, 귀염둥이, 나, 주인의 분신, 그가 몽상적인 정열을 고백하는 유일한 존재. 책상 위 뜨거운 큰 램프 밑, 그가 최근에 쓴 비평문 위에서 기지개

138

를 켜고 있던 어느 날 그가 내 등 밑의 털을 황홀하게 부비며 말했다.

"릭, 내 귀염둥이. 오, 그래, 너는 예쁜 고양이지. 자, 자……. 너는 원망 안 한다. 이 종이를 찢어도 된다. 너는 절대 원망 안 한다. 방종한 수염의 내 예쁜 괭이……. 매끄러운 털에 아도니스의 몸매에 헤라클레스의 허리에 무지갯빛 오팔 눈에……. 그래, 내 예쁜 고양이, 하나밖에 없는……."

왜 릭인가? 당신들은 묻는다. 나는 자주 스스로 물어보았지만 그걸 말할 수 있는 언어가 없었기 때문에 그것은 그 12월의 저녁까지 죽은 문자로 남아 있었다. 십 년 전, 주인과 집에서 차를 마시던 키 작은 붉은 머리 부인이 내 목을 부드럽게 어루만지면서 이름을 어디서 따왔느냐고 그에게 물었을 때였다. (나는 그녀를 꽤 좋아했다. 이 부인에게선 언제나 여자에게는 흔치 않은 산짐승 냄새가 났다. 그녀의 동료들은 반대로 반드시 무겁고 독한 향수를 바르는데 거기에는 '진짜' 고양이가 행복을 발견할 만한 살코기 냄새는 조금도 섞여 있지 않았다.) 그가 대답했다.

"「카사블랑카」 극중 인물인 릭에서 따왔지. 자유를 선호하기 때문에 여자를 포기할 줄 아는 남자."

나는 그녀가 약간 굳는 것을 확실히 느꼈다. 그러나 나는 또한 주인이 기사도적인 대답으로써 나에게 부여한 남성적인 유혹자의 후광을 높이 평가했다.

물론 오늘 그것은 더 이상 문제가 아니다. 오늘 주인은 죽을 것이다. 나는 안다. 샤브로 씨가 그에게 말하는 것을 들었고 그가 떠난 후 주인은 나를 무릎에 앉히고 내 눈을 들여다보았다. (내 눈, 내 가련하고 피곤한 눈은 정말로 아주 쓸쓸했을 것이다. 고양이가 슬픔을 표현할 줄 모르는 것은 울지 않아서가 아니다.) 그리고 그는 내게 고통스럽게 말했다.

"의사들 말은 절대로 듣지 마, 보배야."

하지만 나는 이것이 마지막이라는 것을 잘 안다. 그의 종말 그리고 나의 종말. 나는 언제나 우리가 함께 죽어야 하리라는 것을 알고 있었기 때문이다. 그리고 지금, 그의 오른손이 내 고분고분하게 늘어진 꼬리에 얹혀 있고 내 폭신한 발바닥은 불룩한 새털 이불 위에 놓인 지금, 나는 기억한다.

언제나 그랬다. 나는 현관 포석 위로 울리는 그의 빠른 발소리를 들었고 곧 발소리는 층계를 두 계단씩 건너뛰었다. 나는 곧바로 우단 같은 발로 튀어 올라 민첩하게 입구로 달려가 옷걸이와 대리석 콘솔 탁자 사이 연한 황토색 킬림 양탄자 위에서 침착하게 기다리곤 했다.

문을 열고 외투를 벗어 무뚝뚝한 동작으로 옷걸이에 건 다음, 그는 마침내 나를 보고서 미소 지으며 몸을 기울여 쓰다듬어 주었다. 금세 안나가 왔지만 그는 그녀를 향해 눈을 들지 않고 나를 계속 살살 쓰다듬으며 정답게 애무했다. "고양이가 마른 것 같지 않아, 안나?" 걱정이 묻은 목소리로 그가 물었다. "안 되지, 친구, 안 되지."

나는 서재로 그를 따라가서 그가 좋아하는 공연을 했다.(몸을 움츠렸다가 가죽처럼 유연하게 소리 없이 튀어 오르고 가죽으로 된 종이 받침대에 착륙하기.)

"아, 내 고양이. 이리로 오너라. 이리 와서 그동안 무슨 일이 있었는지 얘기해 보렴. 그래, 나는 망할 놈의 일을 해야 한다. 하지만 너는 상관도 안 하지, 네가 백번 옳다. 아, 이 비단결 같은 조그만 뚱뚱배……. 자, 내가 일하는 곳에 드러누우려무나."

더 이상 백지 위에 규칙적으로 사각거리는 펜촉 소리도 없을 것이고 창유리를 때리며 비가 오는 그 오후들도 없을 것이다. 꼭 닫힌 서재에서 밀폐된 안락함을 누리며 그의 옆에서 나른해지곤 했던, 웅대한 작품의 탄생에 충실하게 동반했던 오후들. 더 이상은 결코.

위스키

그르넬 거리, 방

할아버지는 전쟁에서 그와 함께 싸웠다. 기념비적인
그 시절 이후 그들은 서로 더 이상 할 말이 별로 없었지
만 전쟁은 그들을 확고한 우정으로 묶어 놓았다. 우정은
할아버지가 죽은 후에도 끝나지 않았는데 그것은 가스
통 비앙외뢰* 씨 ― 그것이 그의 이름이었다. ― 가 미망
인이 아직 살아 있는 동안 그녀를 계속 방문했고 그녀가
죽은 뒤 몇 주 후에야 죽는 말 없는 섬세함을 보이기까지
하며 의무를 충실히 완수했기 때문이다.

몇 번인가는 일 관계로 그가 파리를 방문했는데, 그
때마다 최근에 수확한 포도주 상자를 들고 친구 집에 들
르는 것을 잊지 않았다. 그러나 일 년에 두 번, 부활절과
만성절에는 할아버지가 부르고뉴에 내려갔다. 혼자서,

---

*   Bienheureux. '매우 행복한, 또는 다복한'이라는 뜻.

아내 없이. 짐작건대 목을 축이기 위해 사흘간 머물렀고 "이야기를 많이 했다."라고만 마지못해 말해 줄 뿐 말이 없어져서 돌아오곤 했다.

열다섯 살 때 그는 나를 데리고 갔다. 부르고뉴는 특히 그 '구릉'*에서 나는 포도주가 유명하고 디종에서 본까지 가느다란 녹색 오솔길처럼 펼쳐진 구릉은 화려한 이름의 팔레트를 인상적으로 늘어놓는다. 제브레샹베르탱, 뉘생조르주, 알록스코르통 그리고 또한 좀 더 남쪽으로 포마르, 몽텔리, 뫼르소가 부르고뉴 옛 백작령의 경계선에 인접했다. 가스통 비앵외뢰 씨로 말할 것 같으면 이 부자들을 부러워하지 않았다. 그는 이랑시에서 태어났고 이랑시에서 살았고 이랑시에서 죽을 것이었다. 둥글게 손을 맞잡은 언덕들 가운데에 둥지 튼 욘 지방의 이 작은 마을, 기름진 땅에서 무르익은 포도만이 가득한 그곳에서는 아무도 먼 이웃을 질투하지 않는다. 왜냐하면 그곳에서 애정을 기울여 생산하는 신주(神酒)는 경쟁을 불허하기 때문이다. 그것은 위세를 떨쳤고 가치를 지니고 있다. 그 존재를 영속하기 위해 더 필요한 것은 없다.

---

* 지방 이름 앞에 붙어 그 지방의 구릉(côte)에서 나는 포도주를 가리킨다. '코트 드 부르고뉴', '코트 뒤 론', '코트 드 프로방스' 등이 그 예다.

프랑스인들은 흔히 포도주에 관해 우스꽝스러울 정도로 형식주의적이다. 아버지는 그 몇 달 전에 나를 샤토 드 뫼르소의 포도주 저장소에 데리고 갔다. 굉장한 호사! 둥근 천장과 궁륭, 화려한 라벨, 구릿빛으로 번쩍거리는 시렁, 크리스털 유리잔들이 포도주의 가치를 증명해 주었지만 맛보는 즐거움에는 그만큼 방해물이 되었다. 호사스러운 장식과 화려한 외관이 부당하게 난입해 나는 그 화려한 가시로 내 혀를 막 자극한 것이 술인지 분위기인지 구별할 수가 없었다. 사실을 말하자면 나는 아직 포도주의 매력에 그다지 민감하지 못했다. 그러나 훌륭한 사람이라면 일상적으로 포도주를 감식할 줄 알아야 한다는 생각 때문에 그날 실습에서 느낀 만족도가 매우 빈약했다는 것을 아무에게도 고백하지 않았다. 결국은 사태가 좋은 길로 가길 바라면서 말이다. 그때 이후 나는 자연스럽게 포도주에 입문했고 맛을 배가하는 타닌 향으로 입안을 휩쓸며 향기를 뿜어내는 강한 묵직함*이 무엇인지를 이해했고 모두에게 알렸다. 그러나 그 당시 나는 그

---

* corsé. 포도주가 풍부하고 두껍게 입을 채우고 타닌 함유량이 많아 강한 맛을 낸다는 뜻으로 쓰이는 포도주 감식 용어. 장기 보관했을 때 풍부한 알코올과 타닌 탓에 원숙하고 깊은 맛이 난다.

와 겨루기에는 새파랗게 어렸으므로 입을 다물고 마침내 그가 공인된 재능을 보여 주기를 초조하게 기다리고 있었다. 이와 같이 나는 할아버지가 내게 해 준 배려들 중 술에 대한 은밀한 약속보다는 그와 어울리며 내가 알지 못하는 시골을 발견하는 기쁨을 주려는 배려를 더 기쁘게 받아들였다.

그 지방은 벌써 마음에 들었지만 가스통 씨의 포도주 저장고 역시 그러했다. 다진 흙바닥에 짚을 섞은 흙으로 벽을 바른, 장식이 없는 단순하고 커다랗고 습한 저장고였다. 둥근 천장도 홍예도 없었다. 고객을 맞기 위한 성도 없고 다만 예의범절로 생기 있고 직업 정신으로 신중한, 예쁜 부르고뉴풍 집 한 채가 있을 뿐이었다. 지하 저장고 입구 술통 위에는 평범한 다리가 달린 잔 몇 개. 바로 그곳에서 우리는 차에서 내리자마자 시음을 시작했다.

그리고 그들은 이야기하고 또 이야기했다. 그들은 한 병 또 한 병, 포도 재배인이 잇따라 병을 따는 동안 한 잔 또 한 잔 질서 정연하게 마셨고 취하지 않고 시음하려는 사람들을 위해 갖춰진 타구 따위는 무시했다. 그리고 분명 상상력이 가미되었을, 놀랄 만큼 오래된 추억들을 꼬리를 물고 되씹었다. 그때까지 나에게 방만한 주의도 기울이지 않은 바로 그 가스통 씨가 나를 그전보다 더 예리하게 관찰하며 할아버지에게 말했을 때 나는 이미 균형을 잃고 있었다.

"이 꼬마는 포도주를 전혀 좋아하지 않는구먼, 안 그래?"

나는 결백을 주장하기엔 너무 얼근히 취해 있었다. 게다가 작업용 바지에 넓은 검정색 멜빵을 하고 그의 코, 볼과 같은 붉은 체크무늬 셔츠를 입고 검은 베레모를 쓴 이 사내가 썩 마음에 들었으므로 거짓말하고 싶지는 않았다. 나는 반박하지 않았다.

모든 사람은 어떤 식으로든 자기 성의 주인이다. 가장 투박한 농부, 가장 교육받지 못한 포도 재배인, 가장 보잘것없는 고용인, 가장 초라한 장사꾼, 이미 사회적 존경에서 배제되고 인정받지 못한 최하층민 중 가장 최하층민, 가장 하잘것없는 사람도 결국 언제나 자기 수중에 자기만의 소질을 지니고 있어 언젠가는 영광의 때를 맞는다. 하물며 최하층민이 아닌 가스통 씨야. 확실히 번창하는 도매상이자 그에 앞서 자기 포도밭에 틀어박힌 농부인 이 소박한 노동자는 순식간에 나에게 왕 중의 왕이 되었다. 고상한 일이든 평판 나쁜 일이든 모든 일에는 언제나 전능의 번개가 번쩍일 여지가 있는 법이니까.

"이 애에게 인생을 가르쳐 줘야 하는 거 아냐, 알베르?"

그가 물었다.

"PMG한테 강적일까나, 이 개구쟁이가?"

할아버지는 부드럽게 웃었다.

"알겠니, 얘야."

곧 내 교육에 참여한다는 생각으로 흥분한 가스통 씨는 계속했다.

"네가 오늘 마신 건 전부 좋은 술이다, 진짜 술이다. 하지만 포도 재배인은 전부를 팔지는 않는다. 자기 것을 남겨 놓지. 장사 때문이 아니라 목이 마를 때를 대비해서야.(후박한 그의 얼굴은 여우같이 교활한 웃음으로 귀에서 귀까지 찢어져 있었다.) 너도 눈치챘겠지만 말이다. 그러니까 구석에다 PMG를, '내 입으로 갈 것(Pour Ma Goule)'을 자기 걸로 숨겨 둔다 이거지. 그리고 친구랑, 내 말은 좋은 친구랑 같이 있을 때에는 자기 PMG를 실컷 마시는 거지."

그는 벌써 한참 동안 조금씩 음미하던 술을 갑자기 내려놓았다.

147

"너 좀 이리 와 봐라. 오래도."

내가 막 어렵사리 움직이려는데 조바심이 난 그가 반복했다. 눈은 사나워지고 혀는 알코올의 술책으로 끈끈해진 나는 저장고 깊숙이로 그를 따라갔고 맛의 귀족들이 생활하는 방식에 대해 내게 새로운 지평을 열어 준 PMG라는 신개념에 내가 큰 흥미를 느꼈든 아니든 포도주가 다시금 꿀럭꿀럭 쏟아질 것을 기대했고 그것에 나는 조금 당황했다.

"중대한 일에는 네가 아직은 좀 풋내기니까."

거대한 맹꽁이 자물쇠로 무장한 보루 같은 장롱 앞에서 그는 다시 말하기 시작했다.

"게다가 너의 부모가 어떤가를 생각하면 너무 기대해서도 안 되지. (그는 할아버지에게 단단하게 포장된 함축적인 시선을 슬그머니 보냈다. 알베르 씨는 말을 내뱉지 않았다.) 내가 보기에 네 굴뚝은 좀 더 얼얼한* 것으로 청소해야 돼. 이 다발 뒤에서 너한테 꺼내 줄 것은 분명히 네가 한 번도 안 마셔 본 거다. 좋은 거지. 이게 네 세례식이 될

---

* astringent. 술이 혀 조직을 조인다는 데서 나온 표현으로 떫고 껄껄한 맛을 말한다. 숙성되지 않은 적포도주에 흔하며 풍부한 타닌에서 나오는 떫은맛과 신맛이 특징이다.

거다. 그리고 진짜 배우는 게 있을 거다."

그는 바닥 없는 호주머니에서 무거운 열쇠 꾸러미를 간신히 끄집어내더니 엄청나게 큰 자물쇠에 열쇠 하나를 넣어 돌렸다. 할아버지의 안색이 갑자기 더욱 엄숙해졌다. 뜻하지 않게 이런 장중함의 경보를 받은 나는 신경질적으로 코를 킁킁거리면서 음주 때문에 상당히 축 늘어진 등마루를 치켜세우고 잠시 근심스럽게 기다렸다. 가스통 씨는 아주 근엄한 동작으로 검은색으로 둘러싸인 포도주 병이 아닌 술병과, 장식과 다리가 없는 넓은 잔을 금고에서 꺼냈다.

PMG. 그는 그 스카치위스키를 스코틀랜드 최고의 양조업자 중 하나에게서 주문했다. 전쟁 직후에 노르망디에서 알게 된 사내였는데, 그 덕분에 가스통 씨는 즉시 그 도수 높은 액체의 마력에 대한 기호가 자신 안에 있음을 발견했다. 사적으로 사용하려고 숨겨 둔 몇 병에 값진 위스키 한 궤짝이 해마다 추가되었다. 그리고 포도나무에서 이탄(泥炭)으로, 루비에서 호박(琥珀)으로 그리고 알코올에서 알코올로, 그는 전적으로 유럽적이라고 자처한 식사의 이전 또는 중간에 두 가지를 결합했다.

"좋은 것들은 팔고 최고는 내 입으로 가지."

따로 건져 둔 포도주 몇 병과 친구 마크의 위스키에 대한 특별 대우 때문에(그는 보통 손님들에게는 그 지방에서 구입한 아주 좋은 위스키만을 대접했다. 스코틀랜드산 위스키에 비하면 그것은 통조림 토마토를 채소밭에 있는 그의 자매와 비교하는 것이나 마찬가지였다.) 그는 단번에 사춘기 소년인 나에게 존경의 대상이 되었다. 위대함과 숙련됨은 법이 아니라 예외로 평가되는 것임을 이 소년은 이미 알았던 것이다. 그 법이 왕의 법이라 할지라도. 이 작은 개인 저장고 때문에 나는 이미 가스통 비앵외뢰 씨를 굉장한 예술가로 보게 된 참이었다. 그 후 나는 내가 식사한 모든 레스토랑 주인들이 그들의 솜씨가 만들어 낸 가장 볼품없는 작품만을 식탁 위에 깔아 놓은 것이 아닐까, 그들 요리의 내실에 죽을 운명을 가진 자는 공유할 수 없는 신적인 식량을 자기 몫으로 감춰 두고 있는 것은 아닐까 언제나 의심했다. 하지만 그때에는 이런 철학적인 생각은 떠오르지 않았다. 나는 빈약하게 따라 놓은 금갈색 액채를 뚫어져라 쳐다보았고 두려움에 차서 그에 직면할 용기를 내 안 깊숙이에서 찾고 있었다.

미지의 냄새가 벌써 모든 가능한 것들의 너머에서

나를 동요시켰다. 이 얼마나 멋진 습격인가. 이 얼마나 정력적이고 거칠고 건조하면서도 향긋한 폭발인가. 마치 평소에 만족스럽게 머물렀던 세포 조직을 떠나 감각의 절벽에서 기체로 응축되어 코의 표면에까지 증발하는 아드레날린의 배출처럼……. 깜짝 놀라며 나는 이 신랄한 발효의 악취가 내 마음에 든다는 것을 알았다.

공기 같은, 거드름 떠는 부인. 나는 조심스레 이 이탄질의 용암에 입술을 담갔다. 아, 그 폭력적인 효과! 그것은 불시에 입속에서 터지는, 고추와 다른 사나운 재료들로 만든 발화물이다. 기관들은 더 이상 존재하지 않는다. 입천장도 양 볼도 점막도 없다. 대지적인 전투가 우리 속에서 진행되는 듯한 파괴적인 감각뿐. 나는 황홀해져서 첫 한 모금을 혀 위에 한순간 지체하게 놓아두었고 동심원을 그리는 파동은 오랫동안 혀를 놓아주지 않았다. 이것이 위스키를 마시는 첫 번째 방식이다. 떫고 결정적인 맛을 만끽할 수 있도록 가혹하게 마시는 방식. 반대로 두 번째 한 모금은 서두름 속에서 왔다. 즉시 삼켜진 다음 그것은 한참 뒤에야 내 태양 신경절*을 데웠다. 하지

---

* 태양 광선처럼 방사형으로 뻗어 있는 신경절로, 좌우의 복강 신경절을 말한다.

만 그 뜨거움이란! 강한 화주를 마시는, 판에 박힌 동작. 즉 갈망의 대상을 단숨에 마시고 잠시 기다린 다음 타격으로 눈을 감고 편안함과 충격이 혼합된 숨을 내쉬는 것. 이것이 위스키를 마시는 두 번째 방식이다. 알코올이 목구멍을 면세 통과함으로써 미각 유두는 거의 마비되고 신경절은 완전히 민감해져서 에틸기의 플라스마 폭탄이 침입한 듯 갑자기 열기에 휩쓸린다. 그것은 데우고 다시 데우고 풀어 주고 깨우고 기분 좋게 한다. 그것은 지극히 행복한 열을 복사함으로써 육체로 하여금 자신의 빛나는 존재를 믿게 하는 태양이다.

이렇게 포도주 산지 부르고뉴 한복판에서 나는 처음으로 위스키를 마셨고 죽은 사람도 깨어나게 하는 그 능력을 처음으로 시험해 보았다. 현실은 역설적이다. 가스통 씨가 몸소 나에게 위스키를 가르쳐 준 만큼 나는 진정한 내 열정을 찾아갔어야 했으리라. 일생 동안 나는 그것을 그 묘미에서 단지 이류 이하인 아닌 술로 쳤을 뿐이고, 내 업적 중에서도 가장 주된 찬미와 예언들을 황금 같은 포도주에만 바쳤다. 아, 오늘에야 나는 인정한다. 포도주는 세련된 보석이어서 여인들만이 그것을 소녀들이 경탄하는 반짝이는 가짜 보석보다 선호해야 한

다고 시인한다. 나는 사랑할 가치가 있는 포도주를 사랑
하는 법을 배웠으나 교육의 의무에서 배제된 정열의 산
물을 유지하는 데에는 소홀했다. 나는 정말로 맥주와 위
스키만을 좋아한다. 포도주를 신적이라고 인정할지라도.
그리고 오늘은 숙명적으로 후회의 연속이겠지만, 여기
에 또 다른 후회가 있다. 아, 악마적인 위스키여, 나는 너
를 첫 모금부터 사랑했으나 두 모금째부터 배반했다. 그
리고 나의 지위가 내게 덮어씌운 맛의 굴레 속에서 나는
결코 되찾지 못했다. 지복의 턱을 휩쓸어 가는 그 엄청난
핵폭발을……

　　황폐. 나는 잃어버린 맛을 잘못된 도시에서 포위했
다. 바람도 황폐한 광야의 히스도 깊은 호수도 없다. 어
두운 돌벽만이 있을 뿐. 이 모든 것은 관용과 쾌적함과
절제를 결여하고 있다. 불이 아니라 얼음. 나는 막다른
길에 잘못 들어 궁지에 몰렸다.

로르
니스

"우리는 정말 아무것도 아냐, 오늘 아침 내 친구 장미가 말해 주었어⋯⋯."* 맙소사, 이 노래는 어째서 이처럼 슬픈가. 그리고 나 자신은 얼마나 슬픈가. 그리고 지쳤는가, 너무나 지쳤는가⋯⋯.

나는 프랑스의 오랜 가문에서 태어났다. 그곳에서는 오늘날에도 모든 가치가 예전과 같다. 화강암처럼 경직된 가치들. 그것들을 의심할 수 있다는 생각은 내 머릿속에 한 번도 떠오르지 않았다. 매혹적인 왕자를 기다리며 사교계의 기회에 따라 옥석 같은 내 얼굴을 선보였던, 바보 같고 시대에 뒤떨어져 조금은 낭만적이고 조금은 반투명했던 젊은 시절. 그리고 결혼을 했고 아주 당연하게도 그것은 부모에서 남편으로 보호자가 바뀐 것일 뿐이

---

* 프랑수아즈 아르디(Françoise Hardy)의 노래 「내 친구 장미(Mon amie la rose)」의 첫 부분.

다. 그리고 좌절된 희망. 브리지 게임과 손님 접대에 바쳐진, 이름조차 없는 무위 속에 어린아이로 남아 버린 무의미한 여자의 삶.

그런 때에 그를 만났다. 나는 아직 젊고 아름다웠고 가냘픈 사슴, 너무 쉬운 먹이였다. 비밀을 갖는다는 것의 흥분, 불륜의 아드레날린, 금지된 정사의 열병. 나는 왕자를 발견했고 내 삶에 흥분제를 주었고 소파 위에서 절정을, 그 아름다운 나른함을 누렸고 늘씬하고 기품 있는 나의 미모에 그가 경탄하게 놓아두었고, 마침내 있었고 존재했고 그의 시선 속에서 여신이 되고 비너스가 되었다.

물론 그는 이 감상적인 소녀와 더 이상 할 일이 없었다. 나에게는 위반이었던 것이 그에게는 하찮은 오락, 매력적인 기분 전환에 지나지 않았다. 무관심은 미움보다 더 잔인하다. 나는 무존재에서 와서 무존재로 되돌아갔다. 음울한 남편에게로, 생기 없고 하찮은 일들로, 바보스럽게 순진한 에로티시즘으로, 우아하게 미련한 빈 생각들로. 나의 십자가로, 나의 워털루로.

정말로 그가 죽는다니.

아이스크림

그르넬 거리, 방

마르케의 집에서 내가 좋아한 것은 그 아량이었다. 많은 유명한 요리사들이 보수주의로 비난받을까 봐 두려워하는 부분에서 그녀는 반드시 개혁을 추구하려 하지도 않고 현재 이루어 놓은 것에 만족하지도 않으면서 쉬지 않고 일했는데 그것은 결국 그게 그녀의 본성이고 그녀가 그것을 좋아하기 때문이었다. 이와 같은 이유로 그녀의 레스토랑에서는 몇 년 전 요리를 요구하면서도 또한 동시에 영원히 젊은 아가씨 같은 차림표 속에서 희롱할 수 있었다. 그녀는 대표곡을 한 번 더 불러 달라는 간청을 받은 인기 있는 프리마 돈나처럼 기꺼이 요리를 대령하곤 했다.

이십 년 전부터 나는 그녀의 레스토랑에서 식사를 해 왔다. 내가 가까이 지내는 특권을 가졌던 모든 훌륭한 요리사들 중에서 그녀는 내가 이상적으로 생각하는 완벽한 창조성을 구현한 단 한 명이었다. 그녀는 결코 나를 실망시키지 않았다. 그녀의 요리는 언제나 나를 뼛속까지, 마비를 일으킬 정도로 당황하게 했다. 그것은 아마, 언제나 창의적인 먹을거리를 위한 민첩한 손놀림과 독창성이 그녀에게 자연스러운 것이었기 때문일 것이다.

7월의 그 저녁, 익살스러운 어린애처럼 극도로 흥분한 상태에서 나는 야외에 준비된 내 식탁에 자리를 잡았다. 마른강이 내 발치에서 부드럽게 찰랑거렸다. 육지와 강 사이에 말을 탄 듯 우뚝 서 있는 복구된 낡은 풍차의 백색 돌은 군데군데 부드러운 푸른 이끼가 미세한 균열을 비집고 들어차 있었고 막 싹트기 시작한 어둠 속에서 희미하게 빛나고 있었다. 막 사람들이 테라스에 불을 켜려 하고 있었다. 나는 언제나 강, 샘, 급류가 초원을 가로질러 흐르며 습기 많은 대기의 청명함을 던져 주는 비옥한 전원을 특히 높이 평가했다. 물가의 집. 그것은 수정 같은 평온이며 잠든 물의 유혹이며 오는 동시에 떠나 인간의 근심을 곧장 상대화하는 폭포의 광물적인 무관심성이다. 그러나 그날 나는 장소의 매력을 음미할 수 없을 만큼 거의 무감각했고 무던히 참을성 있게 이 장소의 주인이 오기를 기다리고 있었다. 곧 그녀가 나타났다.

"자, 오늘 저녁은 좀 특별한 식사를 하고 싶어."

나는 원하는 것들을 열거했다.

메뉴. 1982: 산쇼[*]로 양념한 성게 루아얄,[†] 경단 고동을 곁들인 어린 토끼의 등심과 콩팥과 간. 메밀 전병. 1979: 대구를 곁들인 아그리아[‡] 마케르,[§] 남프랑스산 보라색 마코,[¶] 기름진 질라르도[**] 굴과 구운 푸아그라.[††] 파를 넣은 진한 고등어 수프. 1989: 향료를 넣어 솥에 익힌 가자미, 농장 사과주 데글라사주.[‡‡] 푸른 오이를 곁들인 코미스 배.[§§] 1996: 육두구 껍질로 양념한 고티에 비둘기 경단, 래디시를 곁들인 건과와 푸아 그라. 1988: 통카 콩[¶¶]을 곁들인 마들렌.

---

[*]   sansho. 산초의 일본식 발음.

[†]   royal d'oursin. 성게에 베샤멜 소스와 달걀노른자를 곁들인 요리.

[‡]   agria. 감자의 한 품종.

[§]   macaire. 양념된 으깬 감자로 부친 팬케이크.

[¶]   maco. 아티초크의 일종.

[**] Gillardeau. 생산자의 이름을 딴 굴의 상표명. 프랑스 최고급 참굴.

[††] foie gras. 거위의 기름진 간.

[‡‡] déglaçage. 고기나 생선을 익힌 뒤 바닥에 눌어붙은 즙을 버터, 크림, 술, 물, 식초 등으로 녹여 소스를 만드는 방법. 또는 그 소스.

[§§] poire comice. 껍질이 두껍고 물기가 많은 배의 한 품종.

[¶¶] fève tonka. 아메리카 열대 나무 열매의 하나.

그것은 하나의 선문집(選文集)이었다. 몇 해의 정열을 요리에 기울여 시간을 초월한 매력으로 실현시킨 것을 나는 영원한 한 번의 화덕으로 집합시켰고, 집적되었으나 무언가를 이루지 못한 요리들의 덩어리에서 전설적인 작품을 이룰 진정한 천연 금괴를, 여신의 목걸이에 꿴 진주알을 추출했다.

　　승리의 순간. 그녀는 잠시 이해할 때까지 아연해서 나를 쳐다보고 아직 비어 있는 내 접시로 시선을 떨어뜨렸다. 그러고는 천천히, 인정과 찬사와 경탄과 존경이 동시에 가득히 떠오른 눈으로 나를 쳐다보며 머리를 끄덕이고 정중한 경애로 입술에 주름을 지었다.

　　"아, 그럼, 물론이지, 물론이지. 그게 정석이지……."

　　당연히 그것은 선집으로 된 진수성찬이었고, 아마도 오랜 미식의 동고동락 중 우리가 열정적인 하나의 식사에서 진정으로 결합된 단 한 번이었을 것이다. 비평가와 요리사로서가 아니라 단지 고도의 전문가로서 같은 열정에 대한 충성을 공유하면서 우리는 결합되었다. 그러나 혈통에 대한 이 기억이 나의 창의적 자긍심을 높여 주긴 하지만, 무의식의 안개 속에서 그 기억을 끄집어낸 것은 그 때문이 아니다.

통카 콩을 곁들인 마들렌 또는 도도한 단축의 기술! 콩을 뿌려 장식한 수척한 마들렌 몇 개를 접시 위에 올려놓는 것으로 만족하고 끝날 거라고 생각한다면 그것은 마르케의 디저트에 대한 모욕이 될 것이다. 페이스트리는 하나의 구실, 즉 설탕과 꿀이 들어간 살살 녹고 크림이 발린 시편(詩篇)을 위한 구실에 불과했다. 거기에는 케이크, 설탕에 절인 과일, 글라사주,* 크레이프, 초콜릿, 사바용,† 붉은 열매, 아이스크림, 소르베에 대한 광기 속에서 뜨거움과 차가움의 점진적인 변화가 연주되고 있었고 내 숙련된 혀는 강박적인 만족으로 지친 채 엄청난 희열의 무도를, 격렬한 지그를 추고 있었다. 아이스크림과 소르베는 특히 마음에 들었다. 나는 아이스크림을 무척 좋아한다. 우유, 지방, 인공 향료, 과일 조각, 커피콩, 럼주가 잔뜩 든 차가운 크림. 바닐라와 딸기 또는 초콜릿이 층을 이룬, 벨벳처럼 부드러운 이탈리아 젤라토. 거품 낸 생크림, 복숭아, 아몬드, 온갖 시럽이 무너질 듯 푸짐히 얹힌 아이스크림 컵. 섬세하면서 동시에 끈끈한 매혹적인 옷을 입은 단순한 아이스바. 우리는 그것을 길거리에

---

* glaçage. 크림, 초콜릿, 시럽 등으로 과자를 입히는 것.

† sabayon. 달걀노른자와 설탕, 포도주 또는 샴페인으로 만든 크림.

서, 약속과 약속 사이에, 또는 여름 저녁 텔레비전 앞에서 조금 덜 덥고 목마르기 위해 다른 도리가 없을 때 먹는다. 그리고 마침내 소르베, 아이스크림과 과일의 성공적인 결합, 입속에서 빙하 한 줄기로 흘러 사라져 버리는 견고한 음료. 마침 급사가 내 앞에 놓아 준 접시에는 그녀가 만든 몇 가지 소르베가 모듬으로 놓여 있었는데 그중 하나는 토마토, 다른 하나는 과일과 숲에서 나는 아주 고전적인 붉은 열매, 끝으로 세 번째 것은 오렌지였다.

'소르베'라는 단순한 단어에 이미 전 세계가 구현된다. 연습 삼아 큰 소리로 말해 보라. "아이스크림 먹을래?" 그다음 곧바로 연달아 말해 보라. "소르베 먹을래?" 그리고 차이를 느껴 보라. 그것은 마치 우리가 문을 열면서 무심히 이렇게 말을 뱉는 경우와 비슷하다. "과자 사러 간다." 반면에 세련된 건 아니지만 그렇다고 평범한 것도 아닌 이런 표현을 큰맘 먹고 써 볼 수도 있을 것이다.

"페이스트리 사러 간다."(음절을 똑똑하게 발음할 것. '패스츄리'가 아니라 '페이스트리'다.)

그러면 조금은 고답적이고 조금은 겉멋이 든 표현의 마술 덕에 싼값으로 시대에 뒤진 조화를 지닌 하나의 세계를 만들어 낼 수도 있을 것이다. 따라서 남들이 '아이스크림'(문외한들은 흔히 우유로 만든 것뿐 아니라 물로 만든 것도 역시 이 범주에 넣는다.)만을 생각하는 데에서 '소르베'를 제안하는 것은 이미 가벼움과 세련됨을 선택한 것이며 폐쇄된 지평선에 갇혀 무거운 땅을 걷기를 거부하고 공기 같은 시각을 제안하는 것이다. 그렇다, 공기 같은. 소르베는 공기 같다, 비물질적이다. 그것은 우리 온기에 접촉하여 아주 조금 거품을 낸 다음 정복당하고 압착되고 용해되고 목 안에서 증발하며, 흘러간 과일과 물의 매력적이고 어렴풋한 추억만을 혀에 남긴다.

　나는 오렌지 소르베를 먹기 시작했고 곧 무엇이 사라질지 알면서, 그렇지만 계속해서 갖가지로 변하는 감각에 주의를 기울이면서 요리에 정통한 사람으로서 그것을 맛보았다. 그런데 무엇인가 때문에 나는 멈추었다. 다른 빙수들은 자기 할 일을 아는 평온 속에서 마셨다. 그러나 이 오렌지 소르베는 이상야릇한 거친 표면과 과도한 수분 때문에 다른 모든 것들과 대조를 이루고 있었다. 마치 오렌지즙에 물을 약간 넣고서 일정한 시간 동안 얼리기만 한 것 같았다. 집에서 얼리는 모든 혼탁한 액체와 마찬가지로 울퉁불퉁하고 향긋한 얼음을 만들어 내던 작은 얼음 통에 말이다. 이 소르베는 깎아 부순 얼멍덜멍한 눈의 맛을 강하게 연상시켰다. 어렸을 때 하늘이 커다랗고 추운 날 밖에 나가 놀다가 맨손에 담아 마셨던 눈의 맛. 할머니는 가끔 그처럼 결정을 내리셨다. 여름, 너무 더워서 가끔 냉동고 문틈에 머리를 집어넣고 있을 때, 그리고 할머니가 땀 흘리며 투덜거리며 앉지 말아야 할 곳에 들러붙은 게으른 몇 마리 파리를 죽이는 데 사용하기도 하는 커다란 행주를 목에 대고 물이 뚝뚝 떨어지게 비틀 때. 얼음이 얼면 할머니는 얼음통을 뒤집어 컵 위에서 세게 흔들었고 그 오렌지색 덩어리를 잘게 부수어서 우리가 성물(聖物)처럼 붙들고 있는 커다란 유리잔에 국자로 하나씩 담아 주었다. 그리고 나는 결국 단지 그것만을 위해 주연을 베풀어 왔음을 깨달았다. 그 오렌지 소르베, 어린 시절의 종유석에 이르기 위하여, 요리에 대한 내 탐닉의 가치와 진실을 그 모든 저녁 중에서도 오늘 저녁 비로소 알기 위하여.

후에 나는 어슴푸레한 빛 속에서 마르케에게 속삭여 물었다.

"그거 어떻게 해? 그 소르베, 오렌지 소르베."

그녀는 베개 위에서 반쯤 고개를 돌렸다. 가벼운 머리 타래가 내 어깨 근처에서 말렸다.

"우리 할머니처럼."

그녀는 환한 미소를 띠고 대답했다.

거의 이르렀다. 불, 아이스크림…… 크림!

마르케

마르케의 레스토랑, 모* 근방

의심의 여지 없이 그는 비열한 놈이었다. 처음 방문했을 때부터 마르케가 요리와 엉덩이를 바쳐 숭배를 표하는 것이 당연하다는 듯이 그는 우리를, 내 요리와 나를 보잘것없는 시골뜨기의 교만으로 먹어 치웠다. 더러운 놈. 하지만 우리는 좋은 때를 함께 보냈고 그건 내게서 앗아 가지 못할 것이다. 미식의 천재와 대화한 기쁨, 특별한 애인과 즐긴 희열, 그러면서도 자유롭고 자존심 있는 여자로 남은 것은 완전히 내게 속한 것이니까…….

나는 '만일 그가 미혼이었다면, 그리고 여자를 언제나 소유할 수 있는 갈보가 아닌 다른 것으로 만들 줄 아는 남자였다면'이라고 말하지 않는다. 그렇다, 나는 그렇게 말하지 않는다. 그게 어디 같은 사람이었겠는가?

---

* Meaux. 프랑스 파리 수도권인 일드프랑스 지방의 도시.

마요네즈

그르넬 거리, 방

세계의 질서가 우리 욕망의 질서에 순종하는 것을
보는 것보다 즐거운 일은 없다. 모든 요리를 즐길 수 있
는 무제한의 지복으로 요리의 성전을 둘러싸는 것은 엄
청난 특권이다. 급사장이 조심스러운 발걸음으로 다가
올 때 감춰진 전율. 몰개성적인 그의 눈, 약하지만 성공
적인, 존경과 신중함 사이의 태도. 그것은 당신의 사회
적 자본에 대한 경의다. 당신은 대단한 인물이기 때문에
그 누구도 아니다. 여기서는 아무것도 당신을 관찰하지
않고 아무것도 당신을 평가하지 않을 것이다. 당신이 이
곳에 스며들 수 있었다는 것이 이미 충분한 적법성을 보
증해 준다. 고풍스러운 냅킨과 마찬가지로 돈을무늬가
들어간 우툴두툴한 송아지 가죽 차림표를 펼칠 때 신중
한 당신 가슴은 작은 충격을 받을 것이다. 요리들의 웅
얼거림 사이를 처음으로 더듬더듬 뒤질 때 교묘하게 조

166

제된 현기증이 일어날 것이다. 시선은 시(詩)에 붙들리기를 잠시 거부하고 미끄러져 쾌락의 단편들만을 재빨리 움켜쥐고 우연히 붙든 용어의 사치스러운 풍부함 속에서 뛰논다. 송아지 우둔살…… 피스타치오 카사타……* 스캄피†를 곁들인 아귀…… 갈리네트 드 팔랑그르……‡ 크라물 겨자로 양념한…… 호박(琥珀)색 가지 젤리…… 샬럿§ 절임…… 열탕에 익힌 농어 마리니에르……¶ 포도 물트**를 넣은 얼린 사바용, 청색 바닷가재…… 북경 오리 안심……. 마법이 스스로 일어나 우리 주의를 단 한 줄에 쏟아 넣을 때 마침내 황홀경의 도화선이 당겨진다.

베르베르††를 거죽에 문질러 프라이팬에 구운 북경 오리

---

*   cassata. 전통적인 이탈리아 디저트로 둥근 스폰지 케이크를 리큐어나 주스로 적시고 그 위에 리코타 치즈와 설탕에 절인 과일을 층층이 쌓아 만든 것.

†   scampi. 새우 비슷한 갑각류.

‡   galinette de palangre. 갈리네트는 마르세유 지방의 사투리로 '성대'를, 팔랑그르는 여러 개의 낚싯바늘이 달린 기구인 '주낙'을 가리킨다.

§   shallot. 양파와 같은 모양이지만 양파보다 작고 향은 파를 연상시키며 염교와 사촌인 뿌리채소.

¶   marinière. 샬럿과 백포도주를 넣은 열탕에 생선이나 해물을 익힌 요리.

**   moult. 포도주 양조 과정에서 발효를 촉발하기 위해 처음에 첨가하는 포도즙.

††   berbère. 마늘, 붉은 후추, 카다멈, 고수 씨앗, 호로파(葫蘆巴) 등을 섞어서

안심, 자메이카산 자몽 크럼블*과 샬럿 절임.

　당신은 때아닌 군침을 억눌렀고 당신의 집중력은 절정에 도달했다. 당신은 교향곡의 주음(主音)을 손에 넣었다.

　당신을 전율케 한 것은 실은 오리도 베르베르도 자몽도 아니다. 설사 그것들이 저 요리를 가리키는 한 줄의 문구를 햇살처럼 화사하고 매콤 달콤한 색조로 감싸며 청동과 황금과 아몬드 사이 어디인가의 색채로 흩어져 있다 해도. 샬럿 절임은 즉시 향기를 풍기고 살살 녹으면서, 아직 벌거벗은 당신 혀 위로 신선한 생강과 절인 양파에 섞인 사향을 연상시키는 맛을 쏟아 내고 그 섬세함과 윤택함으로 바로 그것만을 바라 온 당신의 욕망을 놀라게 했다. 그러나 그것만으로는 충분하지 않았다. "프라이팬에 구운"이라는 이 비길 데 없는 시구가 있어야 했던 것이다. 가축 시장 한복판 야외에서 굽는 가금의 냄새, 중국 장터의 왁자지껄한 소란, 센 불에 구워 바삭거리는

갈아 만든 에티오피아의 매운 향신료.
*　crumble. 과일을 잘라 설탕에 조린 후 밀가루, 버터를 뭉쳐 만든 토핑을 얹고 오븐에 구운 음식.

껍질 속 단단하고 즙이 많은 고기의 저항할 수 없는 부드러움. 꼬치도 아니고 그릴도 아닌, 오리고기를 잠재우는 프라이팬의 가정적인 신비. 이 모든 것을 후각의 폭포로 단번에 떠올리는 시구가, 당신이 그날의 선택을 결정하는 데에는 냄새와 맛을 결합시키는 이 모든 것이 있어야 했던 것이다. 그리고 이제 당신은 주제의 둘레를 수놓기만 하면 된다.

얼마나 여러 번 이처럼 미지의 세계에 뛰어들듯 차림표 속에 잠겼던가? 헤아리려 한다면 헛수고일 것이다. 매번 나는 거기서 손상되지 않은 즐거움을 느꼈다. 그러나 결코 그날만큼 강렬하지는 않았다. 르시에르의 화덕에서, 요리 탐험의 성소 중의 성소에서, 진미로 가득 찬 차림표를 거들떠보지도 않고 단순한 마요네즈의 진탕 속에 뒹군 그날만큼은 말이다.

무심히 손가락을 거기 찍었다. 마치 물 위를 떠내려가는 작은 배에서 차가운 물속에 손을 담그고 손이 물을 달리게 하듯이. 손님들의 물결이 없는 한산한 오후, 우리는 그의 새로운 메뉴에 대해 이야기하고 있었다. 그럴 때 그의 부엌에 있으면 할머니의 부엌에 와 있는 듯한 기분이 들곤 했다. 하렘에 이끌려 들어온 친숙한 외부인처럼. 나는 내가 맛본 것에 놀랐다. 그것은 분명 마요네즈였고 바로 그 때문에 나는 어리둥절했다. 사자 무리 속에서 길 잃은 암양처럼 이 전통적인 양념이 여기서는 기묘한 고 풍 취미를 보여 주는 듯했다.

"이게 뭔가?"

단순한 가정식 마요네즈가 어떻게 여기 와 있느냐는 뜻으로 나는 물었다.

"이거야 마요네즈지. 마요네즈가 뭔지 모른다고 하 지는 마."

그는 웃으며 대답했다.

"이게 그냥 보통 마요네즈야?"

나는 거의 토할 뻔했다.

"그래, 그냥 보통. 나는 더 좋은 방법은 몰라. 달걀 하 나, 기름, 소금, 후추."

나는 끈질기게 계속 물었다.

"이걸 무엇에 곁들이는데?"

그는 주의 깊게 나를 쳐다보았다.

"말해 주지."

그리고 천천히 대답했다.

"이걸 무엇에 곁들이는지."

그리고 조수에게 채소와 찬 구운 돼지고기를 가져오라고 시키고 곧장 채소를 벗기는 임무에 전념했다.

나는 잊고 있었다, 그것을 잊고 있었다. 그리고 그는 비평가가 아니라 작품의 대가였기에 우리가 요리의 '기초'라고 잘못 부르지만 실제로는 오히려 모체 구조물인 것을 결코 잊지 않았고, 약간의 경멸이 섞인 수업을 호의로 베풀어 나에게 그것을 상기시키는 일을 맡았던 것이다. 비평가와 요리사는 행주와 냅킨 같은 것이기 때문이다. 그들은 서로를 보충하고 교류하고 함께 일하지만 실은 서로를 좋아하지 않는다.

홍당무, 셀러리, 오이, 토마토, 파프리카, 래디시, 꽃양배추, 브로콜리. 그는 이것들을 썰 수 있는 것들은 길게 썰고 꽃 모양인 뒤의 두 가지는 마치 펜싱 검의 손잡이를 잡듯이 꼬리를 잡았다. 그와 함께 양념을 하지 않은, 차갑고 촉촉한 구운 돼지고기를 얇게 저며 곁들였다. 우리는 찍어 먹기 시작했다.

나는 마요네즈에 찍어 먹는 생야채가 근본적으로 어느 정도 성적인 것이라는 생각을 지울 수 없다. 채소의 단단함이 크림의 유질 속에 배어든다. 많은 조리 과정에

서 두 가지 음식이 각각 조금씩 자기 본성을 잃고 다른
음식의 본성과 결합되는 화학 반응, 빵과 버터의 상호 침
투에서처럼 새롭고 경이로운 물질이 되는 그런 화학이
여기에는 없다. 마요네즈와 채소는 관능의 행위가 그러
하듯이 함께 있음에 광란하면서도 자기 자신으로 영속한
다. 고기의 경우에는 어쨌든 새로운 수확이 있다. 왜냐하
면 그 조직이 부서지기 쉽고 씹으면 찢어져 스스로 양념
을 잔뜩 흡수하기 때문에 그 결과 우리는 부드러움이 가
미된 탄탄함의 정수를 거짓 수줍음 없이 씹게 되는 것이
다. 거기에 안정된 맛의 섬세함이 첨가되는데, 그것은 마
요네즈가 매서운 맛과 짜릿한 맛을 전혀 함유하지 않고
물처럼 중성적인 사근사근함으로 입을 놀라게 하기 때문
이다. 그다음 채소들의 원무는 매력적인 미묘한 차이를
보인다. 래디시와 꽃양배추의 맵싸한 맛, 토마토의 물기
많은 들큰한 맛, 브로콜리의 은근슬쩍 시큼한 맛, 입속에
서 너그러운 홍당무의 맛, 셀러리의 아삭아삭한 아니스
맛…… 진미다.

그러나 태양이 빛나고 훈풍이 불고 판에 박힌 음화를
떠올리게 하는 완벽한 어느 날 숲 기슭에서 벌이는 여름

소풍과도 같은 이 엉뚱한 식사를 생각해 내는 순간, 새로운 기억이 나의 회상에 겹치고 막 나의 기억에 진품의 깊이를 부여한 돌연한 계시가 심장에서 감정의 폭풍을 일으킨다. 마치 물 표면에 밀려들어 박수갈채를 연주하며 터지는 해방된 기포들처럼. 그러니까 이미 말했듯이 가련한 요리사였던 나의 어머니 역시 매우 자주 우리에게 슈퍼마켓에서 산, 이미 만들어져 유리병에 담긴 마요네즈를 대접했던 것이다. 그리고 진짜 맛에 대한 모욕일지는 몰라도 기묘하게도 그것은 우리 집에서 진짜 못지않은 인기를 누렸다. 공장에서 만든 마요네즈에는 진짜가 요구하는 수공업자와 감식가의 도장을 포기한 대신 진짜에는 없는 특성이 있기 때문이다. 가장 훌륭한 요리사라 해도 언젠가는 슬픈 명백성 앞에 굴복하고 만다. 가장 균질적이고 매끄러운 마요네즈라 해도 금세 조금은 해체되고 천천히 와해된다. 아, 조금, 아주 조금 그러나 어쨌든 한결같던 크림이 약간 대조적인 두 물질로 분리되고 미시적인 방식으로 반들반들하고 매끄럽고 티 하나 없던 처음 상태를 포기해야 할 정도로는 충분히 해체된다. 반면에 슈퍼마켓의 마요네즈에는 어떤 점착성도 없다. 몽글거림도, 구성 성분도, 부분도 없다. 내가 열렬히 좋아했던 것은 바로 그것, 그 무엇의 맛도 아닌 맛, 모서리도 걸칠 곳도 없어 농락할 수 없는 질감, 혀 위에서 녹아 버릴 것같이 유려하게 흐르며 미끄러지던 그것이었다.

그렇다, 바로 그것, 거의 그것이다. 북경 오리 안심과 연고 같은 저장 음식 사이, 천재의 동굴과 슈퍼마켓의 식료품 코너 사이에서 나는 후자를 선택한다. 내 환희의 장본인들이 침울하게 일률적으로 정렬해 있는 형편없는 작은 슈퍼마켓을 나는 선택한다. 슈퍼마켓…… . 감정의 파도가 내 안에서 이처럼 동요하다니, 이상하다. 그렇다, 어쩌면, 어쩌면…… .

폴

그르넬 거리, 복도

웬 낭패인가.

그는 자신이 지나간 길에 있는 모든 것을 으스러뜨려 놓고 말 거다. 모든 것을. 자식, 아내, 정부, 그리고 자신의 업적까지도. 그는 최후의 순간에 우리에게 자신도 이해하지 못하는, 그러나 자신의 지식을 규탄하고 신념을 고발하는 것과 마찬가지인 일을 부탁함으로써 자신의 업적을 부인한다. 의미 있는 삶을 상실한 걸인처럼, 거리의 노숙자처럼 스스로 이해하지도 못하면서 바로이 순간 자신이 괴물이 되기를 추구해 왔고 잘못된 설교를 전파해 왔음을 마침내 깨닫고는 불행에 빠져서. 하나의 음식……. 무엇을 믿는 겁니까, 늙은이여, 무엇을 믿는 겁니까? 다시 찾은 하나의 맛으로 몇십 년간의 오해를 말소하고 돌처럼 메마른 당신의 심장을 되찾아 줄 진실 앞에 서겠다니요? 그러나 그에겐 호전적이고 위대한 결투자들을 만든 모든 무기가 있었다. 펜, 정신, 배짱, 관록! 그의 문장. 그의 문장은 신주였고 신들의 양식, 언어에 바치는 찬가였다. 그것을 읽을 때마다 나는 창자까지 뒤틀렸다. 그가 이야기하는 것이 음식인지 다른 것인지는 중요하지 않았다. 소재가 중요하다는 것은 잘못된 생각이다. 빛나는 것은 말 자체였다. 음식은 구실일 뿐이었고 심지어는 금과 은을 세공하는 그의 재능이 실현시켰을 수도 있을 다른 것을 회피하기 위한 핑계일 뿐이었다. 정확한 감정의 농도, 냉혹함과 고통, 끝내 찾아온 실패……. 그는 그 재능으로 후대와 그 자신을 위해 그를 동요시키는 여러 감정들을 분석할 수도 있었겠지만 본질적인 것이 아니라 부수적인 것을 이야기해야 한다고 확신하며 별 볼 일 없는 길로 잘못 들어섰다. 이 무슨 낭패인가, 이 얼마나 비통한 일인가…….

하찮은 성공에 흐려진 그는 나에게서도 진실을 보지 못했다. 다혈질 젊은이인 내가 가진 야망과 내가 마지 못해 영위해 온 명사의 평온한 삶 사이의 엄청난 대조도, 우울한 어린애의 억눌린 감정을 화려한 냉소 밑에 감추고 뛰어나 보이기 위해 그의 앞에서 역시 가짜인 희극을 연기하고 대화를 휘젓는 나의 끈질긴 성향도 그는 보지 못했다. 폴, 방탕한 조카, 감히 거부하는, 폭군의 법을 감히 위반하는, 당신 앞에서 모두가 소리 죽여 말할 때 감히 큰 소리로 분명히 말하는 총아. 그러나 늙은이여, 가장 거칠고 난폭하고 반체제적인 아들이라도 아버지가 기꺼이 허락할 때에만 그렇게 할 수 있는 것이다. 그리고 그 말썽꾼, 집안 한가운데에 버티고 선 골칫거리, 이 반대 세력을 스스로 그 이유를 모르면서 필요로 하는 것 또한 아버지다. 그것을 통해 너무 과도하게 단순한 모든 종류의 의지와 과단성이 반박되기 때문이다. 내가 가증스러운 당신의 사람이었던 것은 오로지 당신이 그걸 원했기 때문이다. 그리고 분별 있는 소년이라면 그 누가 이 유혹에 저항할 수 있었겠는가. 전능한 조물주가 특별히 창조해 준 반대자의 옷을 걸치고 조물주를 돋보이게 하는 우쭐한 역할을 하는 이 유혹에? 늙은이여, 늙은이여……. 당신은 장을 멸시하고 나를 격찬하지만 우리는 둘 다 당신의 욕망이 낳은 결과일 뿐이다. 내가 그것을 즐기는 데 비해 장은 죽어 가고 있다는 단 하나의 차이가 있을 뿐.

하지만 너무 늦었다. 현실이 될 수도 있었을 것을 되

찾기 위해 진실을 이야기하기엔 너무 늦었다. 나는 회개를 믿을 만큼 독실한 기독교인이 아니다. 마지막 순간의 회개는 더더욱. 나는 속죄를 위해 나에게도 죽음이 찾아올 때까지 나의 비겁, 내가 아니었던 것을 연기한 비겁의 무게를 지고 살아갈 것이다.

그렇지만 역시 장과 이야기해야겠다.

계시
그르넬 거리, 방

　돌연 기억이 난다. 눈에서 눈물이 솟는다. 나는 주위를 둘러싼 이들에게 몇 마디 이해할 수 없는 단어를 열광적으로 중얼거린다. 울면서 웃는다. 두 팔을 들어 손으로 발작적으로 원을 몇 개 그린다. 내 주위에 선 이들은 동요하고 걱정한다. 내가 실제로 어떻게 보일지 안다. 임종의 순간에 아이로 되돌아간 죽어 가는 어른. 엄청난 노력 끝에 우선 간신히 흥분을 억누른다. 나 자신의 환희와의 위대한 투쟁. 왜냐하면 나는 절대적으로 나를 이해시켜야 하므로.

　"귀여운, 폴."

　나는 간신히 고통스럽게 발음한다.

　"귀여운, 폴, 내게, 해, 줄, 것이…… 있다."

　폴은 코가 내 코에 닿을 만큼 몸을 숙인다. 근심으로 뒤틀린 그의 눈썹은 필사적인 푸른 눈 주위에 감탄할 만한 모티프를 그리고, 전신은 나를 이해하려는 노력으로 긴장했다.

"네, 네, 삼촌, 뭘 원하세요, 뭘 원하세요?"

그가 말한다.

"가서, 슈케트*를, 사…… 오너라."

이 놀라운 단어를 발음함으로써 내 영혼을 범람하는 환희가 나를 때 이르게 숨지게 할 수도 있으리라는 것을 공포와 함께 느끼며 나는 말한다. 최악의 사태를 기다리며 몸이 굳지만 아무 일도 일어나지 않는다. 나는 숨을 돌린다.

"슈케트라고요? 슈케트를 원하세요?"

나는 가냘픈 미소를 지으며 머리를 끄덕거린다. 그에게도 미소 하나가 씁쓸한 입술 위로 천천히 그려진다.

"그러니까 그게 삼촌이 원하시는 거예요, 슈케트가?"

그는 정답게 내 팔을 잡는다.

"갈게요. 당장 가서 사 올게요."

그의 뒤로 안나가 서두르며 말하는 것이 보인다.

---

* chouquette. 슈크림과는 달리 속에 크림이 들어 있지 않고 비었으며 겉에는 설탕이 뿌려진 과자. '슈'는 양배추(chou)를 닮아서 붙은 이름이다.

"르노트르*로 가거라, 제일 가까운 데다."

공포의 경련이 심장을 조인다. 가장 끔찍한 악몽에서처럼 말이 입에서 나오는 데 무한한 시간이 걸리는 것처럼 느껴진다. 반면에 주변 사람들의 움직임은 현기증이 날 만큼 빨라진다. 내 말이 공기 중에 도달하기 전에, 내 구원의 공기, 내 최후의 속죄를 위한 여백에 도달하기 전에 폴이 문 모퉁이로 사라져 버릴 것 같다. 그래서 나는 움직이고 쉴 새 없이 손짓을 해 대고 베개를 바닥에 던진다. 아, 무한한 긍휼. 아, 신들의 기적. 아, 이루 말할 수 없는 안도여. 그들이 나에게로 돌아선다.

"뭐라고요, 삼촌?"

두 발짝 만에 그는 다시 내 목소리를 들을 수 있는 거리에 있다. 도대체 그들은 어떻게 그처럼 민첩하고 빠를 수 있는가. 나는 분명 이미 다른 세계에 와 있는지도 모른다. 여기에서는 그들이 시네마스코프 초창기에 배우들이 발작이라도 하듯 경직된 몸짓을 하던 때처럼 광란에 휩싸여 있는 것처럼 보인다. 나는 안도감으로 딸꾹질을 한다. 그들이 불안으로 긴장한 것을 본다. 나는 안나

---

*   Lenôtre. 프랑스의 고급 식료품상.

181

가 베개를 주우러 뛰어오는 동안 간신히 손짓으로 그들을 안심시킨다.

"르노트르, 가, 아냐."

나는 꺽꺽거리면서 말한다.

"절대…… 르노트르가, 아냐, 과자점, 으로, 가지, 마……. 나는, 비닐, 봉지에, 든, 르클레르크,* 슈를…… 원해."

나는 숨을 헐떡거린다.

"푹신한, 슈……. 나는, 슈퍼에서, 파는, 슈를…… 원해."

그리고 처음으로 문자 그대로 죽느냐 사느냐의 문제이므로 그의 눈 깊숙한 곳을 들여다보며 나의 욕망과 낙담의 온 힘을 시선에 불어넣는다. 나는 그가 이해했음을 본다. 나는 그것을 느끼고 안다. 그는 머리를 끄덕이고, 이 끄덕임 속에 즐겁고 편안한 아픔으로 고통스럽게 되살아나는 우리 오랜 공모의 기억이 번득인다. 더 이상 할 말이 없다. 그가 뛰다시피 나가는 동안 나는 내 추억들의 행복한 솜덩이 속으로 미끄러져 들어간다.

---

* Leclerc. 프랑스의 서민적인 체인 슈퍼마켓 중 하나.

그것들은 투명한 비닐 속에서 나를 기다리고 있었다. 포장된 바게트, 밀기울 빵, 브리오슈, 커스터드 파이 옆에서 슈케트 봉지들은 나무 진열대에서 참을성 있게 기다리고 있었다. 공기가 잘 통하도록 정성스레 포장하는 제과 기술이 전혀 고려되지 않은 채 뭉텅이로 던져 넣어졌기 때문에, 그것들은 계산대 앞 진열대에서 봉지 밑바닥에 들러붙어 뒤얽힌 평온한 온기 속에서 잠든 강아지들처럼 서로 달라붙어 있었다. 특히 아직 뜨겁고 김 나는 상태일 때 그것들은 상당한 수증기를 뿜어 냈고 수증기는 비닐봉지 면에 응결되어 그것들이 말랑말랑해질 수 있는 좋은 환경을 이루었다.

훌륭한 슈케트의 기준은 전적으로 스스로의 체면을 지키는 슈 반죽에 있다. 딱딱함과 마찬가지로 물렁물렁함도 피해야 한다. 슈는 쫀득해도 안 되고 탄력이 없어도 안 되며 부서져도, 지나치게 건조해도 안 된다. 슈의 영광은 약하지 않으면서 부드럽고 가혹하지 않으면서 탄탄한 데에 있다. 슈를 크림으로 채울 때 채워진 슈의 말랑함을 보존하는 일은 과자 제조인이 져야 하는 고난의 십자가다. 나는 질척해진 슈에 대해 파괴적인 보복성 비평을 쓴 적이 있다. 슈크림에서 경계선의 중요성에 관해 쓴 화려한 몇 쪽의 글이었다. 자신의 영원한 차별성 또는 그와 비슷한 어떤 것으로 맞서야 했을 터이나 실체의 무기력 속에 자신의 정체성을 잃어버린, 속에 넣은 버터 크림과 더 이상 구분되지 않는 좋지 않은 슈에 대한.

어떻게 이만큼 자기 자신을 배반할 수 있는가? 권력의 부패보다도 더 심한 어떤 부패가 쾌락의 명백성을 이처럼 부인하고 우리가 사랑했던 것을 치욕스럽게 만들고 이만큼 우리 기호를 변형시키는가? 나는 열다섯 살이었고 그 나이에 그러하듯이 허기진 배를 안고 학교에서 나오곤 했다. 분별력 없고 야만적이었지만, 오늘에서야 떠올리건대 그때 내겐 마음의 평온이 있었다. 그리고 그것이 바로 내 저작 모두에 그처럼 잔인하게 결핍된 것이다. 오늘 저녁, 슈퍼마켓에 마지막으로 하나 남은 슈케트를 위해서라면 후회 없이, 회한의 그림자도 없이, 애석함의 유혹도 없이 줘 버릴 내 모든 저작.

나는 거침없이 봉지를 열고 비닐을 잡아당긴 다음 참을성 없이 낸 구멍을 아무렇게나 벌렸다. 봉지 속에 손을 집어넣을 때 수증기의 응결로 봉지 면에 가라앉은 끈끈한 설탕이 손에 닿는 것이 싫었다. 나는 슈케트 하나를 그 패거리들에게서 용의주도하게 떼어 내서 경건하게 입으로 가져간 다음 눈을 감고 삼켰다.

사람들은 첫 번째 한 입에 관해, 그리고 두 번째와 세 번째에 관해 많은 것을 썼다. 사람들은 바로 이 주제에 관해 많은 것을 말했고 모두가 진실이다. 그러나 그것들은 그 무엇이라 말할 수 없는 감각, 오르가슴에 이른 입속에서 가볍게 스친 다음 습한 반죽으로 분쇄되는 그 감각에는 도달하지 못할 뿐만 아니라 아주 멀다. 습기를 머금은 설탕은 씹히지 않았다. 그것은 입속에서 결정화되었고 그 입자들은 충돌 없이 조화롭게 해체되었다. 사각거리며 사르르 녹는 형언할 수 없는 발레처럼 턱은 설탕을 부수지 않고 부드럽게 분산시켰다. 슈케트는 입속 가장 내밀한 점막에 달라붙었고 그 관능적인 말랑함은 내 볼과 하나가 되었으며, 외설적인 탄력성 덕에 즉시 하나의 매끄러운 반죽이 되어 압축되었다. 설탕의 달콤함이 거기에 완전성을 더했다. 아직 열아홉 개가 더 있었으므로 나는 그것을 재빨리 삼켰다. 마지막 몇 개만이 촉박하게 다가온 종말에 대한 실망으로 씹히고 또 씹힐 터였다. 나는 이 신적인 비닐봉지의 마지막 제물을 생각하며 스스로를 위로했다. 슈에 달라붙지 못하고 바닥에 가라앉은 설탕 결정들을 나는 마지막 몇몇 마술 공들에 끈끈한 손가락으로 채워 넣을 터였다. 달콤한 폭발의 향연을 끝내기 위해.

공장에서 만든 반죽과 당밀이 되어 버린 설탕으로 만든 슈퍼마켓의 슈케트와 혀의 신비한 결합 속에서 나는 신에 도달했다. 그 후 나는 그것을 잃어버렸고 내 것이 아니었던 찬란한 욕망, 내 삶의 황혼에서 그것을 내게서 훔쳐 갈 뻔한 욕망에 희생시켰다.

신, 다시 말해 가공하지 않은 전적인 쾌락. 우리 자신의 핵으로부터 출발하여 우리 자신의 즐거움에만 관계되며 마찬가지로 거기로 귀착되는 것. 신, 다시 말해 본래적인 욕망과 순수한 쾌락의 극치 속에서 우리가 완전히 우리 자신인, 우리 내부의 신비로운 지역. 우리 환상 가장 깊숙이에 자리 잡은, 진정한 나 자신만이 일으켜 세울 수 있는 중심점인 슈케트는 나를 살게 하고 존재하게 하는 힘의 승천이었다. 평생에 걸쳐 슈케트에 관해 쓸 수도 있었겠지만 나는 평생에 걸쳐 그것에 반대해서 썼다. 그토록 오랜 방황 끝에 나는 죽음의 시간에 이르러서야 마침내 슈케트를 다시 발견한다. 그리고 결국 내가 죽기 전에 폴이 그것을 가져오는가는 별로 중요하지 않다.

문제는 먹는 것도, 사는 것도 아니고 그 이유를 아는 것이다. 아버지와 아들과 슈케트의 이름으로, 아멘. 나는 죽는다.

감사의 말

메뉴와 시의 원작자인

피에르 가녜르에게 감사드립니다.

옮긴이 **홍서연**

프랑스 사회과학고등연구원(EHESS)에서 음식 문화 연구로 박사학위를 받았다.
대학에서 문화인류학과 문명사를 강의하고 있으며, 『브리야 사바랭의 미식 예
찬』, 『맛』, 『의사 생리학』, 『땅을 생각하다』 등을 우리말로 옮겼다.

맛

1판 1쇄 펴냄 2011년 10월 14일
1판 3쇄 펴냄 2018년 10월 25일
2판 1쇄 찍음 2023년 11월 20일
2판 1쇄 펴냄 2023년 12월 1일

지은이 뮈리엘 바르베리
옮긴이 홍서연
발행인 박근섭 · 박상준
펴낸곳 (주)민음사

출판등록 1966. 5. 19. 제16-490호
주소   (06027) 서울시 강남구 도산대로 1길 62(신사동)
              강남출판문화센터 5층
대표전화 02-515-2000 | 팩시밀리 02-515-2007
홈페이지 www.minumsa.com

ISBN 978-89-374- 4571-2 (03860)

* 잘못 만들어진 책은 구입처에서 교환해 드립니다.